尋琴者

郭強生

好評推薦

如貓印般音符的輕緩語言，演奏出一段迷人故事，傾訴了人、音樂與情感之間的靈魂歸屬，如此的蒼茫雪景與滄桑人生的互映，只有郭強生老師的《尋琴者》能乘載，這是一部令人眷戀的小說。

——甘耀明（小說家）

《尋琴者》裡，這個「情」是大哉問，懷疑論的，也是郭強生一生的主題與變奏。從《作伴》開始，書名都點題了，好孤獨的人，試著去與一個又一個孤獨的人作伴。這次選了鋼琴調音師來寫，難度很高。經過時間的過濾與沉澱，結晶出節制的愛慕，以及與這愛慕同等量的寂寞，厚積薄發，令人耳目一新。

——朱天文（作家）

維基百科寫一根鋼琴琴弦平均有六十八到九十公斤的張力，《尋琴者》由第一頁第一個字讀到最後一頁最後一個句點，同樣扣緊心弦，每一頁都充滿張力。這本小說關於調音師和他的鋼琴，哀傷卻節制，小說家行文每一個造句，精確而優雅，像是對的音符擺在對的樂譜上，閃閃發亮。它如同李赫特演奏舒伯特，字與字之間如同音符和音符之間留下片刻安寧，全然輕與靜，讓讀者共振，在心裡迴響出一聲嘆息。

——李桐豪（作家）

《尋琴者》關於音樂與樂器的描寫很多，從小聽曲、唱曲的強生，有著善於審音的聽覺，他寫了一個聽覺小說，讓感情更純粹與空靈。這本書在談藝術，更在談創造小說的敘述藝術，然而愛情總是他作品中的終極藝術，因為不完美，甚至千瘡百孔，更能說明細緻純粹的情愛更是藝術，這是作者孤獨的藝術，也是悲傷的救贖。

——周芬伶（作家）

《尋琴者》寫得最好的，莫過於「敗壞」二字，從音樂之美延伸而出的，竟是一幅千瘡百孔的廢墟，花冠頓萎，天人五衰，纏綿悲戚的哀歌，曲折道出了小說中人物的秘密心事，而在那不為人知的過往回憶中，慾望和挫折相伴，最終只剩無言的孤寂。

——郝譽翔（作家）

幾百年來，無數大師雙手在黑白鍵上千錘百鍊，通過億萬雙耳朵，終於凝成人類文明至美的結晶。為了創造那至美，歷來毀滅了的靈魂，虛擲了的才華，耗損了的歲月，盡皆不可數算。那追求的彼岸，可以是至高的頂峰，也可以是無底的深淵。

我想，這本書既寫出了深淵的黑暗，也寫出了那不可方物的至美。

——馬世芳（廣播人，作家）

讀《尋琴者》宛如聆聽一首跌宕的曲子，讓人不禁憶起孟若的《幸福與陰影之舞》、石黑一雄的《夜曲》、托瑪斯・曼的《魂斷威尼斯》、三島的《金閣寺》，甚至是恩田陸《蜜蜂與遠雷》……在這中篇裡，幾乎與所有音樂小說、與所有探討人性與命運之複雜的小說、與所有追求藝術與美的偉大小說，都彼此呼應著。如此具有啟發，如此難得。

——盛浩偉（作家）

談與彈，琴與情。尋覓，巡視，詢問。調音與調動，技藝與記憶。諧音是誘餌，世上絕無相同的琴聲，也沒有能夠複製取代的關係。為了辨識情感幽秘的撞擊，為了體貼人間的失落，郭強生為我們展開《尋琴者》，構造心的腔室與細弦，愛的靈魂與身體。

——馬翊航（作家）

尋琴者，亦尋人，奮力尋覓所得，是生命中的幽靈；以琴喻人，以曲喻情，當敏銳動之以「琴」，樂音將永存，人的眼中，卻剩幽靈返景……

以適切的音樂認識，帶出物、景、情之綿延、提煉。人物藉各自理由，以記憶之殘忍，還原聲韻之純粹；人生的音色，不停嘆息，沒有辨識的盡頭，「消逝」已然存在，悲傷，現實，而美麗。

——陳玠安（作家）

要我是選秀節目導師，會在小說開始第一章便把椅子轉過來。《尋琴者》之後，郭強生真正為台灣文學史「強聲健體」。當大家還在用視覺寫生，郭強生早嫻熟寫聲，他讓我們看到一個好看，更好聽的文體——強力在一種節奏，能收放，掌進退，知緩急，用故事釣你到一顆心要懸出喉嚨，又怎麼攏慢撥三兩句，便能沿情感幾度音階逆勢推回，再洶湧，渾若無事。那是真正的大家，很通透，一種自在。你總會想像他該有多修長好看的手指，以及未需經手指撩撥，早已千瘡百孔的心。

——陳栢青（作家）

「每個音都準，音律卻不準。」交織業內秘辛與業外敘事，準與不準之間，《尋琴者》捕捉了微妙曖昧難言的情感音調，呼喚讀者的悠長共鳴，聽到琴韻也感受心聲。

——焦元溥（《遊藝黑白》、《聽見蕭邦》作者）

《尋琴者》表面上尋琴，實際上尋身。身為上世紀末的男同志，同性情慾讓男主角自厭自棄，甚至透過追求藝術極致的「無我」，來取消掉自己的身體。然而在這樣的哀婉中，卻又存在著一抹堅定的傲氣：我從不放棄聆聽痛苦的所有細節，畢竟那是我存在於世，以身體為樂器，展演出的唯一的、無可取代的音色。

——葉佳怡（小說家）

藉音樂與靈魂結合，曲徑幽探靈魂與肉體的愛欲情怨！做為調音師的天才鋼琴家迷情於年少時的情感投射對象，在尋琴的結終點暴發極深的內在壓抑，如琴音之激情戛止。而後緩和敘述，以俄國鋼琴大師李赫特的琴藝和愛情做為追求靈魂之愛與音樂之癡的情路回味，心曲鋪排綿密細緻。全書詳述鋼琴音樂細節，情節亦如交響樂章慢板急奏起伏。

——蔡素芬（小說家）

（按姓名筆畫排序）

推薦序

問世間，琴為何物？——郭強生《尋琴者》

王德威（哈佛大學講座教授）

《尋琴者》是郭強生創作迄今最好的作品，也是近年來台灣小說難得的佳作。這部小說敘述一個聲音和情感的故事，溝通兩者的媒介是鋼琴。故事的主人翁是職業鋼琴調音師，他有絕佳的音感和音準，擅於分辨每架鋼琴的特色，不同環境裡的變化，以及更重要的，琴音缺陷所在。調音師有如醫生，望聞問切、聽音辨色，然後對症下藥。但他也理解，琴聲的好壞是一回事，「完美」的標準卻是見仁見智。彈琴者如何調動技巧，貫注深情，才是演奏成功與否的關鍵。

而當調音師經手喑啞走音的鋼琴同時，是否有他心目中最理想的琴聲？是否有自己最想彈奏的曲子？

郭強生創作多年，筆下的情愛故事流麗而浪漫，近年自剖家庭記憶，省思生老病死的散文，尤為動人。《尋琴者》則展現了一個更複雜、卻更內斂的聲音，時而低迴傾訴，甚至喃喃自語，時而追憶往事，一發不可收拾，時而欲言又止，盡在不言。敘事的聲音主要來自調音師，但我們也彷彿聽到瀰漫於其他人物間種種壓抑的、曲折的、滄桑的款曲，此起彼落，交織成一個多聲部的人間網絡。而聲音的抑揚頓挫，唯琴——也唯情——是問。

我們至少可以從三個方面來看《尋琴者》的意涵。鋼琴調音師年過四十，其貌不揚，一事無成。他因為調音工作而涉入一位女鋼琴家的生活，又因為後者猝逝，而有了接近男主人的機會。調音師從而理解，遮蔽於優雅琴聲下不足為外人道的曲折：老夫少妻的黃昏之戀，曾經滄海的情感考驗，還有種種無償的嚮往和悵惘。當逝者的往事逐漸浮現始料未及的面向；生者的心事並不如想像單純時，調音師不禁迷惘了。原來圍繞著一架史坦威或貝森朵夫，竟有這許多的「琴」外之音。

調音師自己的故事呢？這正是郭強生敘事的用心所在。調音師以魯蛇姿態出現在客戶眼前，看來胸無大志，也從不被瞧在眼裡。然而他豈是池中之物？他是個「曾經」的音樂天才，只是錯過了生命中的時機。從小賞識他的老師，他曾經仰慕的青年鋼琴名師，他所服務的女鋼琴家，都不能洞悉他才華下的陰暗面。那是他出身和階級背景的壓力；性別和情欲的牽引，以及太多不能操之於己的偶然和性格因素。

故事中的人物因琴聲的吸引而有了交集，也發展出意外轉折。一路讀來，我們赫然明白《尋琴者》竟是如此悲傷的小說。每一個人物，甚至當年發現調音師才華的老師，其實都面臨無可奈何的感情抉擇，真情還是謊言，出軌還是出櫃，浪漫還是現實……。調音師自己更是因為一段過早摧折的「情感教育」，註定了此生的蹉跎。而郭強生的傷心之筆不僅僅於此。他處理的作曲家從舒伯特到李斯特到拉赫曼尼諾夫，演奏家從李赫特到顧爾德到藤子海敏，曲終人散，誰沒有令人扼腕甚至黯然的故事？

這引導我們進入《尋琴者》的第二層意義。郭強生筆下「情」與「琴」的關係不只是隱喻而已，更直指你我生命中「情」與「物」的對話。所謂情，不僅是癡嗔貪怨的情，也是情景與情境的情。所謂物，不僅是客觀實象的存在，也是生命欲望流轉律動的總和。情與物交互運作，形成虛實起滅的面貌。鋼琴家必須先視鋼琴為有情之物，才有了可以迴響、共鳴的潛能。而調音師得先從失去音準的鋼琴開始，「物」其聲色，再恢復其內蘊的深情華彩。「與其說是調音，不如說是調律更為恰當。」但要達到畢達哥拉斯的絕對和諧律，談何容易！

於是我們來到小說核心部分。調音師還是懵懂少年時，因為老師賞識，有了向海外歸來的青年鋼琴家請益的機會。青年鋼琴家才華洋溢，他告訴少年，每個人都有與生俱來的共鳴程式，「有人在樂器中尋找，有人在歌聲中尋找，也有人更幸運地，能夠就在茫茫塵世間，找到了那個能夠喚醒與過去、現在、未來產生共鳴的一種震動。」那種震動，我們或者叫作信任，或者叫作愛。

青年鋼琴家的一席話，讓少年為之癡迷不已，哪裡知道這樣的指導是肺腑之言，也是最艱難的指令，甚至詛咒。青年鋼琴家以肉身見證自己的心聲。他畢竟沒有達到事業高峰，反因禁色之戀罹病去世。而少年因為對彈琴人萌生深情而不可得，從此墮入情殤的輪迴，再也不能專心琴藝。青年鋼琴家和少年都必須以艱難的方式理解，成不成為鋼琴大師其實無關緊要。就算征服了鋼琴，征服了樂迷，馴服不了自己的肉身與靈魂，也是枉然。

「問世間，情為何物，直教人生死相許？」古老的歎息在郭強生筆下有了新的寓言向度。然而《尋琴者》又不止於永恆的歎息，這帶來小說最讓人意外的一層意義。僱主女鋼琴家過世後，調音師的工作似乎也告一段落。然而女鋼琴家的先生出現，延續了本應終止的關係。先生是生意人，十足音樂門外漢，卻因為種種考量留下調音師，甚至同意合作開啟二手鋼琴買賣行業。因為愛琴，調音師追隨先生來到紐約尋訪舊琴，而紐約終將每個人物的前世今生糾結在一起。

買賣二手琴的安排讓《尋琴者》有了耐人深思的結局。這是一場在商言商的交易？或是愛屋及烏的戀物邏輯？或是出於舊琴難忘、詠物抒情的考量？或是還有其他……？調音師不能無惑。回顧所來之路，他感歎「七歲的孩童與二十四歲的邱老師。十七歲的少年與三十四歲的鋼琴家。四十三歲的中年與六十歲的林桑。」「同樣的間距，反覆如同輪迴，」這樣的生命也是始料未及的吧！音樂是時間的藝術，是關乎失去與逝去的詠歎。但有沒有迴旋的可能？再一次的賦格嘗試？或者，那只是永劫回歸的又一開始？

在小說的（反）高潮，調音師與先生的「合夥」關係懸而未解。他們來到紐約郊外二手舊琴的買賣場所，赫然發現那也是座舊琴的墳場：

沒有窗戶，只有幾盞幽暗的燈光，照出了一整片鋼琴遺骸四處漂流的灰塵之海。上百架等待被處置的舊鋼琴，有的被拆了琴箱，有的缺了音響板，有的仍被包覆在骯髒的氣泡墊中……

失去琴蓋的，斷腿的，被清空內臟的，還有那一組組堆放的擊弦系統，一束束從內臟清空出來的銅弦，如同少了血肉保護的神經掛在牆上，還會簌欷在抖動著……

面對著這座大型的鋼琴墳場，我所感受到的不是驚駭或悲傷，反倒像是一頭鯨魚，終於找到了垂死同伴聚集的那座荒島，有種相見恨晚的喜悅。

琴的廢墟，情的廢墟。郭強生呈現了當代中文小說最憂鬱的場景之一。郭強生以往的小說強調情愛可一而不可再的純潔度，情殤無以復加的痛苦。《夜行之子》、《惑鄉之人》、《斷代》都有這樣的傾向，每每難以自拔。在《尋琴者》的尾聲，他似乎提出了和解——或是解脫——的暗示。這使他的敘述增添了「一切好了」的向度，那是大悲傷之後的虛空。小說尾聲，調音師造訪鋼琴大師李赫特故居，一處最枯寂靜默的所在。遙想大師當年的琴音，此時無聲之處勝有聲。郭強生的小說這次顯出了「年紀」。

一九八六年，郭強生出版《作伴》。少年已識愁滋味，那是他告別青春期的宣言，也是初入文壇的印記。時隔三十五年，他依然尋尋覓覓，尋找知音：「只有那個頻率，那個振動層次，可以把我帶進讓我感覺安全，又帶著一點悲傷的奇妙領域。」此琴可待成追憶，只是當時已惘然。驀然回首，他寫出《尋琴者》，他的半生緣。

1

起初，我們都只是靈魂，還沒有肉體。當神想要把靈魂肉體化的時候，靈魂們都不願意進入那個會病會老，而且無法自由穿越時空的形體裡。於是，神想出了一個辦法，讓天使們開始演奏醉人的音樂。

那樂聲實在太令靈魂們陶醉了，都想要聽得更清楚一點。然而，能夠把那音樂聽得更清楚的方法，只能透過一個管道，那就是人類的耳朵。神的伎倆因此得逞了，靈魂從此有了肉體。

接下來的故事，或許應該就從林桑的耳朵聽到了拉赫曼尼諾夫開始。

那鋼琴聲是從二樓的練琴室傳來的。

林桑沒有聽過靈魂為了一雙耳朵而失去了自由的那個故事。事實上，他剛歷經了另一場的失去。

妻子過世三個月了，他好不容易打起精神，準備來處理妻生前在經營的這間音樂教室。

妻為這間音樂教室付出了那麼多心血，在這個社區裡也很有聲譽，為什麼直到臨終都沒有交代呢？也許是不忍心把這個繼續經營的擔子交給他，他想。妻知道，除非她真的開口託付，對於音樂只不過是業餘欣賞者的林桑，終究還是傾向結束的吧？

這樣的揣想，讓林桑的愧疚稍感緩和。畢竟在認識愛米麗之前，他連小提琴與中提琴都分不清。

三個月過去了，原本已開授的班級陸續到期了，老師與學員都已接到了不再開班的通知。

過去三個月裡他只進來過一次，這晚還特別挑了九點以後，算好了最後的一堂課那時候也該結束了，這樣他就不必面對老師們對他的責難。即便不會真當著他的面說出口，他也害怕看到被解雇者迴避不想與他接觸的尷尬。或許那是教他更無法忍受的。

第一次的婚姻維持了六年以離婚收場。這次的婚姻更短，不過四年，短到愛米麗還沒來得及把林桑調教成一個真正的古典音樂愛好者。癌症來得意外凶猛，六個月不到就把妻帶走了。

他比妻的年紀大了足足二十歲，當年對於再次步入婚姻，他不是沒有疑慮，擔心自己有一天成為少妻的拖累，沒想到最後竟是這樣的結局。

琴房的門應該只是半掩，那婉轉的琴聲在空迴的夜裡顯得格外清晰。

被愛米麗拖去聽過不少音樂會，也包括愛米麗自己的獨奏會，但是能讓林桑瞬間辨識出的曲目並不多。二樓傳來的鋼琴聲讓他吃了一驚，停下了與班主任的對話，不自主仰起臉朝向了音樂的方向。

那是拉赫曼尼諾夫的〈無言歌〉。

這曲子他最早聽到的，是愛米麗的小提琴版。

那是結婚一週年的前夕，他為她準備了一份驚喜的禮物，不是珠寶不是名牌包，而是一場由他贊助的獨奏會。那時她開心極了，在自家客廳裡要他坐好當聽眾，把預訂曲目先為他奏了一回。他沒什麼特別感想或意見，只有到了拉赫曼尼諾夫的這首，那弦聲聽在耳裡異常悽楚，不曉得是否因為讓他想起了幾年前才過世的母親，他當下便說：太悲了吧？

果然愛米麗就很體貼地換掉了這首〈無言歌〉。但是偏偏那旋律從此嵌進了他的腦海，或是成了像過敏原一樣的東西，感覺不時總會聽見，從女高音的吟唱到大提琴的演奏，從汽車廣告到電影配樂，這首曲子彷彿不停地變換成不同的形體，在他身邊縈繞不休。

但是這一晚，在這個充滿著人去樓空之感的屋裡聽到的鋼琴版，不知為何，不但沒讓他感覺沉痾，反倒有一種失重的空茫。

「怎麼會有人在這時候彈琴？」他問班主任。

臉圓圓有點矮胖的女士從林桑進門開始，便努力想在自己天生喜氣的那張臉上能擠出一些愁容，總算因為岔題的這句問話，讓她有了鬆一口氣的感覺。

「喔，那是我們的調音師。」

「沒有通知調音師，以後不用來了嗎？」

「有，但是他說，在這些鋼琴移走之前，他還是願意義務性來幫忙。」

林桑未置可否，微蹙了蹙眉頭。

（老天，還有那幾架鋼琴不知該怎麼處理……）

班主任繼續說：「這個調音師自己也有在彈琴，但是問他要不要來開班，他都說不要。有時候我們會讓他免費用我們的練琴室。」

「調音費用是怎麼算？」

「一個小時一千五。」

比起擔任鋼琴老師來，還真是寒酸啊！生意人出身的林桑，直覺反應地比較了一下兩者的收入。

沒有自己的鋼琴，也不願意教琴，情願當一個調音師傅，這在林桑聽來有點不合情理。

「彈得還不錯嘛……」

完全是出自他直覺的判斷，畢竟是在自己的地盤，就算說錯了也沒有失言的負擔。

「陳老師也是這樣說的。」

在這裡，愛米麗從來都是「陳老師」。林桑始終是陳老師背後的那個男人，那個幾乎像父親一樣的男人。員工們叫他「林先生」，喚愛米麗「陳老師」，好像對於他們的夫妻關係一直不那麼確定似地。

他循著琴音的方向慢慢爬上了樓梯。

確實是跟印象中的其它版本不同，多了一種夢境般的柔美，像是事過境遷後的記憶又被喚醒。

（遲早這些旋律也將會從我的生活裡消失吧？……）

站在樓梯口，朝唯一有燈光的那間練琴室望過去，半掩的門後，坐在直立鋼琴前的背影，是一個戴著棒球帽的男子。

林桑立刻認出了那台直立式貝森朵夫。

主修小提琴的愛米麗，真正屏氣凝神坐在鋼琴前的時候並不多，到頭來，家中的史坦威，經常都是伴奏與她排練時在使用。

從小就學琴，中學階段都還是雙主修，林桑問過她為什麼後來改成了小提琴，她半開玩笑給了這樣一個理由：做鋼琴演奏家大概這輩子沒希望了，也許可以考進哪個交響樂團裡當小提琴手混飯吃。

林桑不想再追問。猜想她那時候大概曾想過留在國外的。在國外的時候她也許曾有一個洋人男友。那年愛米麗也三十六了，應該清楚若再不嫁，未來機會只會更渺茫。

婚後，他為愛米麗購買了全新的平台式史坦威，這架她從小一直彈到婚前，原本就是二手的貝森朵夫就被移到了這裡。當年，身邊的朋友來家中看到了新鋼琴，無不稱讚他的疼妻不手軟。

心疼當然還是有一點，畢竟林桑算是白手起家的生意人，遇到七〇年代經濟大好，沒想到賣個塑膠涼椅也能打造出屬於他的外銷王國。Made in Taiwan。他這一代的中小企業都是這樣爬起來的，賣各種家庭五金，各色電子器材，但是他們可造不出可以外銷的汽車，或者，鋼琴。

被妥善調音保養的鋼琴沒有年齡的問題，它的音色可以在五十年後仍如出廠時那樣完美，甚至更佳。如果，它能被一雙既有力又靈巧的魔術手指經年彈奏的話。

聽著從那架貝森朵夫上流瀉出的音符，仍如一顆顆磨亮的琉璃般清澈，他突然有種啞然失笑的感覺。

家中的那台史坦威，本應該保持在攝氏二十度的理想溫度，以及百分之四十二的理想濕度，但是過去這大半年，這些對鋼琴應有的關照早就荒廢多時。

原本形同被流放的舊鋼琴，卻在這裡被悉心地保養著；反倒是家中客廳裡那架平台史坦威，在早已蒙塵的琴蓋下，那些鍵與弦肯定都鈍啞變形了。這樣的反諷，被林桑在心中痛苦地芻咀著，逼出了一種帶著鐵鏽味的酸。

（我又只剩自己一個人了，而且還是一個年逾六十歲的老人……）

他想起兒時家中的那一架老山葉。

妹妹從小被要求練琴，在父親那一輩老醫生的社交圈裡，女兒會彈幾曲鋼琴是為日後出閣所做的準備，帶過去的嫁妝裡有一架鋼琴才顯得是有教養的人家。他的父母沒看出來妹妹不是音樂那塊料，高中考了三年都落榜，就被早早送去了日本。他有時也會想起，頭上繫著蝴蝶結的妹妹一遍遍練習著舒伯特的背影。為什麼沒有送他一起跟妹妹去學鋼琴呢？重男輕女的父母對兒子的期望是建中，是台大機械系。他沒教他們失望。

不是沒有暗自懷疑過，與愛米麗的婚姻，是不是在某種程度上，彌補了他與音樂無緣的遺憾？明知道那架二手的貝森朵夫仍堪用，但還是覺得音樂家的屋裡，應該有一架平台式而非直立式的鋼琴。現在想來，或許不完全是為了愛米麗，也是為了他自己都不甚明瞭的一種虛榮……

拉赫曼尼諾夫把林桑帶進了短暫的記憶迷亂。

在最後一個音符的餘音中，演奏者的一雙手如騰著無形的雲輕輕起飛，在空氣中劃過一個弧，最後落在膝頭上。

林桑在門外默默注視著那人收尾的動作。

這應該是他第一次注意到我的存在。

日後，在我們常去的那家小酒館裡，有一回林桑向我透露，他覺得有些樂器似乎特別適合女性的體態，例如長笛和豎琴。

林桑喜歡女性拉小提琴時的亭亭玉立，勝過一個彪形大漢渾身是勁，歪著頭像隨時會軋碎肩上樂器的模樣。大提琴對女性來說，那張腿的架勢在他看來總有些不雅。

林桑甚至暗自以為，鋼琴的外型是更符合男性的，尤其是平台式的鋼琴，似乎總該有一雙大掌與寬肩長臂才能駕馭得了。

終於意識到門外有人，我急速轉過頭。

「不好意思——」

雖然我已在這家音樂教室進出了一年多，有幾次離去時還正巧碰到他開車送愛米麗到門口，這卻是第一次我與他有機會近距離的接觸。

在駕駛盤後的那張臉，配上滿頭已近銀白的髮，總給人一種嚴肅冷漠的感覺。讓我訝異的是，從法拉利裡走出來的他，站在面前竟然高出我半個頭。面對這個剛喪偶的男人，我儘量克制著自己的眼神，不流露出過多欲說還休的同情。

「謝謝你。聽班主任說，這些琴都是你在幫忙保養。」

「我也是因為之前的師傅要退休了，去年才接手他的一些case。」

兩人接下來陷入無語的沉默。直到我背起了帆布袋，從門邊又轉過身，開口問道：

「林先生，您家裡的那台史坦威，都還好嗎？」

2

傳說在西元前五百三十年，希臘數學家畢達哥拉斯某天偶然經過一個打鐵鋪，被打鐵敲擊的聲音吸引。他發現有時那聲音醜陋刺耳，有時卻又意外地優美和諧。走進鋪子裡研究，發現原來是跟每個鐵槌的重量有關，不同的敲擊重量會製造出不同的聲音。

如果兩支鐵槌的重量比例恰好是二比一、三比二或是四比三時，同時敲出的聲音就會創造出悅耳的和聲。這比例就建立了鍵盤樂器調音的基礎。

兩個和諧的音，原來是由於撞擊力道間的比例所形成的共振。

靈魂們好不容易擁有了耳朵，但是最終讓祂們感動的究竟是什麼呢？

不過像是朝著平靜的湖水中扔進一顆石子所引起的分子振動？還是說，

根本不需要這個肉體也可以感受到的，某種已經存在宇宙間的頻率？

鋼琴的每根弦，平均有一百六十磅的張力，也就是說，一架鋼琴所有的弦加起來，共承受了二十噸的重量。

鋼琴發出的音色是如此悠揚，但鋼琴的本身卻總是承受著巨大拉力的痛苦。調音師與演奏家的差別，或許就在於對這個物理事實的不同感受上。

一個優秀的調音師是不用機器調音的，他只能相信自己的耳朵。那是一種難得的天賦。機器憑藉的平均律，十二個半音被平均分配在八度中，所以每個音其實都低了十二分之一個半音。

所以，這世界上沒有一架鋼琴具備絕對的音準，演奏者只能彈奏著由調音師所修正出來的音鍵。

不會擁有過自己的鋼琴，藉著到處調音的機會彈別人家的琴，幾乎已成為我多年來練琴的方式。

不止一次，當客戶聽見我在他們鋼琴上彈出了出乎意料的水準時，都面露欲言又止的困惑。

我可以猜測出他們可能的念頭：怎麼就這麼自甘墮落，安於當一個調音師傅呢？或者，他們更急於想知道的是，我是否曾拜於某個名師門下？

他們不懂得的是，要成為一個優秀的調音師並不是一件容易的事。多少成名的演奏家們都會共同指名同一位調音師，炙手可熱的調音師比演奏者更缺貨，這是世人都忽略的真相。

想要開演奏會的人如過江之鯽，只要有那個膽，誰都可以上台。但是一個調音師不僅要懂得鋼琴，也要熟悉每位鋼琴家每次演奏會上不同的曲目，更不用說，他還要能摸透他們每位的曲風，以及對每一首曲子不同的詮釋風格。

要成為心目中那樣的調音師，持續地練琴自是必要的。

當然，能成為那樣等級的調音師仍只是夢想。

但是寧願放棄待遇較好的教琴工作，選擇成為旁人認定更像是勞動者而非藝術家的調音師，實在是因為我沒法面對那些家長。只為了繼續賺取費用，而必須對他們毫無天份的孩子說出誇讚與鼓勵的話，我做不到。

我更擔心的是，那種只能算敲打的拙劣琴聲會破壞了我耳朵的敏銳，甚至造成無法彌補的身心傷害。

擁有一架史坦威，照理來說，公司專屬的技師可以提供素質可靠的調音與整音服務。但是愛米麗始終對鋼琴的音色不滿意。

自女主人生病後，就不曾再撫摸過這架史坦威的我，邊說邊打開琴蓋觀察著琴槌的狀況，旋即發出了痛心的嘆息：「太潮濕了……」

技師無法理解她的需求，他們聽不懂她說的擊弦系統太吵，高音部薄弱，低音部缺乏應有的飽滿共鳴……這些問題出在哪裡，或是，她形容她所希望的油脂音色又是何物。

我們是世界上最好的鋼琴品牌，他們最後都只能用這樣的方式回答，並反問她：當初買的時候，都沒有發現這些問題嗎？

最後愛米麗只能抱著姑且一試的心態，讓一個才入行沒多久，在她的音樂教室裡調音的新手來為家中的名琴看診。

「結果你幫她找出了問題？」

看著我打開工具箱，林桑一邊聽著我的解釋，一邊流露出半信半疑的表情，似乎正努力想像著愛米麗曾經為了這架鋼琴，飽受無助沮喪甚至憤怒情緒之苦。

「與其說調音，不如說是調律才更恰當。」

我繼續解釋，為什麼之前技師只用平均律或純律來調音是不夠的，有時也要憑耳朵聽到的泛音，畢竟在琴鍵上彈出的是和弦，單音音準因為振動頻律的關係，最後總會有幾個音會出現衝突……

林桑試圖集中精神，但就算想要理解，這些術語對他而言也太複雜了。更何況睡眠不足已經持續了好幾個禮拜，比起上次在音樂教室照面時，他看來又更憔悴了些。

儘管他知道，妻子從來都是一個容易緊張焦慮的人，然而外人見到的她，卻總是面帶甜美優雅的微笑。但是林桑從沒有聽愛米麗跟他抱怨過鋼琴的問題。直到這天他才知道，與愛米麗之間竟然還有這樁被隱匿的情節。

那些生活裡的隱藏到底沒來得及被一一揭開，這場婚姻卻已經劃下句點。原來，這架史坦威曾經對她來說，是這麼的不完美，沒有她所渴望的那種音色。

「可是愛米……我太太她，怎麼會沒發現是這個原因呢？」

我注意到，他正偷偷忍住一個到了嘴邊的呵欠。

「演奏樂器的人，許多並不真的瞭解樂器。」

音樂家追求的完美是那麼抽象又偏執，最後卻得在一具純然根據物理學所打造出的機械裝置上實現，這是音樂家經常忽略的事實，我說。

林桑沒有繼續追問。

或許，這個回答讓他覺得，彷彿我們正在討論的不是鋼琴，而是對他下半場人生的某種提示。

看著他鬱鬱寡歡的表情，我彷彿聽見他在喃喃自問，竟然被一個陌生人看到了他生命裡一再重複的無知？怎麼可能？

與愛米麗交往的初期，他同時還有另外幾個女人。

一個是在安和路開日式居酒屋的老板娘，在離婚後不久，某晚他偶然走進了店裡，算來兩人的交情已經超過十年。兩人偶爾都有低潮寂寞的時候，圖個方便就當是彼此的救火器。另一個在某大金融集團擔任公關，接近他並非沒有其他目的，這點他很清楚。

再來，就是那位小有名氣的室內設計師。

林桑在母逝後，衝動的本性讓他突然決定住回從小長大的那間一半是診所、一半是自宅的老平房，請來了設計師碧亞翠絲黃（別問我為什麼這些女人都愛用英文名）徹底將老屋重新翻新，成了一座頗具後現代懷舊風的雅舍，還登上了建築設計雜誌封面。林桑為碧亞翠絲黃在新居中舉行慶功，究竟那算不算示愛的一種並不重要，重要的是，林桑一開始曾經表明了自己不會再婚。也許林桑自己並不會承認，他與愛米麗認識半年不到就步入禮堂，多少也跟不知道要如何擺脫與碧亞翠絲黃這一段有關。

就像演奏家從來不懂他的鋼琴，往往過度投射了自己的情感，忘記了它只是一台由重量撞擊所操控的機器，並無任何深奧的原理。

而凡夫俗子所犯的錯誤則是，他們從不明白人心有多麼複雜難測，以為世間總有現成的一套琴譜，教他們如何撥奏彼此。

林桑一直看不清的是，伴隨著每一段感情，就有一群陌生人擠進了他的生活，他就被另一半拖進了她們的社交。跟碧亞翠絲黃在一起的時候，他身邊都是一堆搞設計建築的。與愛米麗婚後，他才知道音樂家們並不是深居簡出的一群，他們有忙不完的應酬，不停地在出席各種演奏會與開幕酒會。

他其實沒有太多自己的朋友。

尤其在婚後遇上了金融大海嘯，他毅然結束了三十年的公司，以為終於可以過起那種品味高級的退休生活，以為自己可以成為一位成功小提琴家背後的那個推手，到頭來只是陷入了自己都不解的寂寞。

初識愛米麗那晚，他與幾個客戶在一間米其林等級的法式餐廳應酬，用餐時段過後是店家特別安排的品酒節，獻上由蘇格蘭剛空運而來的限量窖藏威士忌，現場並且邀請了一個四人室內弦樂演奏助興。

愛米麗是四人當中唯一的女性，穿著小露香肩的黑色長禮服，一頭秀髮挽成了一個高雅的公主髻。客戶中有人當下就說：「挺漂亮的，待會兒請她過來喝杯酒吧！」

林桑很為難，當然覺得這樣的心態很可恥，把人家當成了什麼？這麼多年在商場上打滾，他還是沒能完全洗脫從小醫生父親對他的家教森嚴，雖然無形中他也繼承了父親某種的大男人主義，但是對女性輕薄、或流連花街柳巷這樣的事，他向來是不屑的。

或許也是出於自信的緣故。一八三的身高，濃眉高鼻，年過半百後仍得老天厚愛，給了他閃閃銀白的一頭捲髮，走到哪裡都還是個顯眼的人物。

目光投向演奏得出神，雙眼微闔的愛米麗，有那麼一瞬間，或許，他想起了那個在日本甚少聯繫的妹妹。或許眼前的女子，正是父親心中對妹妹的期望吧？偏偏那位大客戶得罪不起，林桑掙扎了半天，最後還是偷偷起身找到了餐廳經理，提出了這個令人感到羞恥的要求：「沒別的意思，覺得她挺有才華的……」自己都覺得是越描越黑。

經理或許早見識過這樣的場面了，笑嘻嘻給了解方：「讓小姐一個人過去坐總不好……林董，那不，這樣好不好？我在您旁邊開一桌，就說是請四位音樂家的。看您是要開一瓶皇家禮砲還是——？」

愛米麗跟其他三個男子過來一起敬酒，與林桑四目相對，彷彿知道，他不會讓她難堪，他是她這一國的。林桑的大男人性格果真蠢動起來，也顧不得什麼客戶了，拉過鄰桌的椅子就喚她過去坐他身邊。

不得不說，靈魂的頻率振動真有這回事，愛米麗一雙習樂多年的耳朵不會沒聽到，當下這兩個靈魂振動所發出的聲音。

但是她聽不到自己的演奏，聽不出鋼琴的音準哪裡出了問題。

她以為林桑成為她的避風港後，她終於可以展開夢寐以求的演奏家生涯。從小音樂資優班，又在國外拿到了音樂碩士，但是她仍然只能在幾間大學的音樂系裡當兼任講師，還是得加入同事們邀她共組的弦樂四重奏。

如果林桑能多一點音樂的鑑賞力，他應該就會聽見我所聽見的。

那種內在基音的混亂，與自己靈魂頻率的不協調。

我結束了工作，開始收拾工具。

秋日午後的陽光斜斜射進了落地窗，窗外是一棵枝幹勁猷的老梧桐。在市區裡能擁有佔地如此廣闊的庭院，沒有幾個人能辦得到。也許是調音時的專注，也許是光線的溫度，讓我全身被一層淺淺的汗濕附著。我不自覺便摘下了頭上的棒球帽透透氣。

「我以為……」

林桑話說一半，面露尷尬。

「什麼？」

他說，我戴著棒球帽的樣子，讓他誤以為我是個二十幾歲的小伙子。

不，我已經四十幾了，我說。

我已禿的額頂騙不了人，不是每個人都像他一樣得天獨厚，六十多歲還能擁有漂亮的一頭銀白。我的大量落髮從三十歲就已經開始。我想像著自己在他眼中的那副德性。禿頭之外，還有一對招風耳，外加一張臉滿是青春期時遭面皰肆虐過所遺留下的坑疤。

我知道，倘若不是自己如此不起眼的外表，對於妻子的調音師在他毫無所悉的情況下早已出入過此地多回，他出於雄性本能，肯定早已在心裡對我打上了一個問號。

林桑掏出了皮夾，我說不用，就當是最後一次服務，我很感謝「陳老師」這麼信任我，這是我僅能回報的了。

3

相信任何人讀到這裡，對於林桑這號人物，應該都遠比對我要來得更感興趣，對吧？

我是有自知之明的。我並非這個故事的主角。若非這一點小小的智慧，我的人生難保不會比現在更一文不值。

話雖如此，做為故事的敘述者，我發現這工作與擔任鋼琴調音兩者之間，還頗有些類似之處。

一首不朽的樂章能夠穿透靈魂，大家記得的是作曲家的才華洋溢，演奏家的出類拔萃，沒有人會想到調音師所扮演的角色。事實上調音師也都懂得分寸，早已習慣退居幕後。

一場成功的演出，不能沒有準確的音律與和諧的音色；一個故事能夠吸引人，也需要一個懂得節制的敘述者，幫忙裁剪掉蕪蔓的瑣碎細節，調整好焦距與字句間的節奏，並且不加油添醋，或一廂情願地想給故事安排一個自以為討喜的結局。

即便多年來已習慣自我隱藏，但我懂得凡事都有專業的基本要求。演奏家若是對於某次演出不滿意，調音師一定難逃被檢討責難的下場。如果一個故事無法取悅或取信於讀者，我想，敘述者勢必也得負起一定的責任。

因此，完全捨棄第一人稱，或完全不接受任何質疑或批評，也許不是一個盡職的敘述者該有的表現。我想，我還是得某種程度做一點自我交代才行。

事實上，我是一個音樂天才。

我極力想要隱藏的這個秘密，結果還是不得不在這裡公開。

會成為秘密，不是因為我一開始就決定要刻意隱瞞，而是因為後來再無人關心或是提起，於是才演變成了到今天只有我還記得，卻再也不想對人解釋的一段往事。

曾經，我的天才不但不是一個秘密，在我所就讀的國小裡還是一件被盛傳的新聞。只是隨著年代久遠，沒有人再記得這件事。

國小二年級的我在某次音樂課下課後，當其他小朋友都一哄而散，我卻走到了鋼琴邊，順手彈出了老師剛剛上課時教唱的歌曲。

從外面走進來準備下堂課的老師驚呆了，小小年紀的我按出的不是單音旋律，而是和弦。

沒多久他們便發現了我少見的敏感耳朵，與超乎同齡的記譜能力。

還有就是，我的一雙觸鍵有力的手掌，也似乎比其他孩子生得寬長。我具備了所有音樂神童天生的充份條件，除了我的家庭。

我的父母對來家庭訪問的老師嗤之以鼻：彈琴能彈出什麼名堂？打仗的時候就會跑得比子彈快嗎？

在八二三砲戰中瞎了一隻眼的父親，退伍後帶著在金門成親的當地姑娘，落腳在台北如今已拆掉的那一大片違章建築區，開了一間餃子店養活著五個子女。在他的想法裡，三個男孩時候一到都得去念軍校，二個女兒看自己造化，能念書的，只有公費師專一條路，不會念書的，養到十七歲就嫁掉省心。

我的天才非但沒讓我的父親感到半點驕傲，反而像是在他生命中埋下了隨時可能引爆的、他終將遭到逆子背叛的威脅，父子間一觸即發的隱隱暴力與緊張始終存在。

我沒有讀過一天音樂班。

一路上總有那些好心的老師，看到我的處境而自願義務教學。直到今天我仍然能夠靠著腦子裡的音符，在桌面上虛擬出一排黑鍵白鍵，練出任何樂譜的指法。這對我來說並非困難的事。

在懵懂的童年，對於自己這份無法解釋的天賦，我從來沒有太特別的想法，就好像騎腳踏車或吹口哨，一開始我以為，這是每個小朋友都學得會的把戲。

在家裡，因為父親不知道要如何面對我這個怪胎，一看到我窩在餃子店的角落，手指像癲癇發作似地在空氣中躍動的景象他就一把無名火上燒。

在學校裡，老師不收我分文在放學後幫我上鋼琴課也惹來側目。原來其他的小朋友學鋼琴是要花錢的？我竟然對此都後知後覺。

看著家長拖著小朋友開始四處拜師，準備上國中後能考進競爭激烈的音樂班，我起初也是不明所以，以為彈鋼琴不過是屬於自己私密的娛樂時光，為的就是那種奇妙的共鳴樂趣，為什麼要成為一場分數的廝殺呢？

漸漸地，我變成了一個越來越安靜的孩子。

國小畢業前夕，音樂老師帶我去聽了一場鋼琴獨奏會。演出的音樂家曾得過蕭邦國際鋼琴大賽的冠軍，一個二十歲出頭，和我一樣黃皮膚黑頭髮的大男孩。

生於越南河內，本來也是個出身窮苦的孩子，老師是這麼告訴我的。結果遇到了名師把他送進莫斯科音樂學院，終於幾年後一舉成名。

這樣近乎傳奇的故事，當時並未在我心中激起任何的羨慕或嚮往，因為不論是河內還是莫斯科，對我來說仍是太抽象飄忽了。印象最深的只有，我感覺從男孩指尖下，彷彿不斷有珠寶般的光芒四射迸出。那是生平第一次，我因為某人現場的演奏而流下了眼淚。

音樂會結束，老師帶我去當年還在敦化北路上的「福樂」吃了一客冰淇淋聖代。我一直記得那個下午，邱老師那一頭長髮在陽光下發出的柔光，讓我想到演奏會舞台上那台又黑又亮的大鋼琴。

邱老師看到我吃得開心，嘴角沾滿了奶油泡沫，便拿出她的小手絹幫我擦拭。同時我聽見她彷彿自語般，喃喃了一句我至今忘不掉的話。

唉，其實還是個孩子啊，她說。

那一年我已經能夠彈出貝多芬的〈月光奏鳴曲〉。

吃完了冰淇淋，我們在筆直寬闊的敦化路人行道上慢慢踱著，跑在前面追蜻蜓的我突然被老師叫住。

不要放棄繼續彈鋼琴，跟老師打勾勾，好不好？

當下並不知道，自己許下的是一個如何沉重的承諾。那一聲帶著疼愛的嘆息，多年後回想起來，決定了我人生的下一步。

老師自掏腰包，拜託她的大學老師收我為門下。可是她大概無法想像，除了音樂之外其他學科成績普遍不佳的我，進了國中放牛班之後過的是什麼樣的生活。

我不幸成為班上那一群永遠精力無從發洩的野獸挑中的霸凌對象。每到下課鐘響我只能憂心著，接下來的十分鐘應該何處藏身才不會被他們攔堵。瘦竹竿似的我，那些年裡還加上滿臉青春痘把我弄得不成人樣。我最怕的事情之一就是被他們發現，放學後我竟然還裝氣質跑去彈什麼娘娘腔的鋼琴。

對才十四歲的我而言，光是要躲開這些騷擾便已讓我甚感疲憊。更不用說，每天耳朵中充斥的廚房剁豬肉聲，點餐算帳時的客人喧譁，同學荷爾蒙過盛的惡作劇，滿街此起彼落的引擎聲喇叭聲……我只是疲累地想在這樣的世界裡找到一個安靜的所在，戴上我的耳機，希望將這一切令人不耐的沉悶推遠。推得更遠一點，最好能再更遠、更遠一點……

那個看起來風度翩翩的教授不時會向門生們收取額外費用，在他位於陽明山的自家客廳，舉辦那種裝模作樣的鋼琴茶會活動。繳費的同學當天就可以成為主角，為來賓獻上幾段獨奏。

為什麼出席的家長們看起來會比要上台的學生還更緊張？我後來才明白，教授總在暗示那些家長們，要懂得及早開始為他們的孩子打點好關係，舉辦這些茶會是必要的投資，他一定會邀請「重要人士」到場，給一些「寶貴意見」。

我叫不出來任何一個重要名字，只記得他們對每個演奏者都讚不絕口，沒有哪一個將來成不了古典音樂界的下一顆明日之星。只有不識時務的我，會因為演奏的平淡無奇，不小心打了一個呵欠，或是在路過他們身旁時，不小心聽見那些虛偽的溢美之辭，忍不住噗嗤一笑。

繳不出錢又態度不佳，讓我成為學員中的害群之馬。我甚至不能告訴邱老師這些被我發現的可笑內幕。

她也曾歷經過同樣的入門儀式嗎？如果我說出了心中對這些人的鄙視，會不會也是對邱老師的一種嘲諷與傷害？她也曾有過揚名國際，登上蕭邦鋼琴大賽舞台的夢想嗎？

同時我卻也感覺到如釋重負。

終於知道，自己根本不屬於那個世界。

4

讓我們走進一座森林，然後在壯茂的林群中挑選出其中一棵，再由伐木工人將它砍下，送進木材廠。

接著，設計師開始為它規劃音箱與音響板，木匠與鍛冶師傅開始動工。一根弦接一根弦，一個螺絲接一個螺絲，擊弦系統有了，飾著渦漩花紋的琴身有了，然後是調音師出現，為它做最後的整音。

一架鋼琴於焉成形。

或許有人並不同意鋼琴只是一個機械式物件的說法，認為從伐木工到最後的搬運工，在這樣繁複又精細的流程中，每一個參與者都賦予了一架鋼琴它所獨有的靈性。因為他們都知道，這不是一輛汽車或一台電視，汽車或電視不會帶著某種既神秘又神聖的光輝。

但，即使有光，仍無法改變世上的每一架鋼琴都有音差的事實。然而大多數的人並不知道，仍繼續相信他們聽見的每個音符都是標準且完美的。這就是文明的力量。

說穿了，人類也是另一項天生就不完美的物件而已。我們不也同樣是用靈魂與神聖、愛與美……這些抽象的字眼去包裝它？

文明不總是在訓練我們，對許多事物根深柢固地崇敬就好，不容再懷疑？

引我入行的調音老師傅曾告訴我，鋼琴、演奏者、調音師三者之間的關係。就像是一個婚姻諮商師與一對夫妻。

當一個神經質的演奏者，與一架不完美的鋼琴被送作堆之後，身為調音師的重責大任就是要幫他們勾勒出，他們在一起之後可能達成的幸福想像。

重點是，調音師自身不必是完美的，只要他有一雙耳朵，能夠聽得出兩個都有缺陷的東西所發出的振動，那就夠了。

如果你問我，為什麼後來我會努力學習想成為一個調音師，而不是致力追求演奏上的更上層樓，也許這就是答案。

找人來為史坦威完成調音保養後的那個晚上，林桑意外地一夜沉眠。幾個禮拜以來的疲憊，在次日清晨也似乎緩減不少。

啜著咖啡，對著客廳裡的鋼琴凝視了半晌，他漸漸想起了前一晚的那個夢。夢裡愛米麗穿著初相見時那襲露肩小禮服，站在鋼琴旁演奏著小提琴。畫面是無聲的，她臉上的表情也是模糊的，越是想要看清，越是看不真切。

夢裡的視線開始移動，發現鋼琴伴奏不是與愛米麗搭檔多年的那個女子，而且這個陌生人的形體面貌彷彿一直在改變中。直到愛米麗停下弓弦，微笑著要為他介紹，他再次望向鋼琴前的人影，不知何時已變成了一個戴著棒球帽的男子。

林桑相信或許這是某種暗示，音樂教室不能就這樣結束。

他想到了調音師昨天離去前與他最後的談話。

林先生，如果音樂教室的那架貝森朵夫要轉售，能夠讓我知道嗎？

你有興趣買下它？

不，我沒有那樣的能力。我只是希望，嗯，如果知道它接下來的落腳處，也許，我就能繼續擔任它的調音師。

（竟然跟一架鋼琴有了感情啊！……）

林桑似乎很能夠理解對方的心情。

畢竟是生意人出身，對音樂教室的處置他有幾個腹案，只是一直拿不定主意。能夠有人願意接手那是最好。但是看著愛米麗的心血最後換上了別人的招牌，又讓他覺得深有罪惡感。租約還有一年到期，如果改弦易轍，一時也想不出那個地點適合其他什麼營業項目。

但是調音師的心願提醒了他一件事。

真要出清整個空間，其他那幾台山葉當成二手轉售也就罷了，但是那台貝森朵夫？那是愛米麗整個音樂生涯的見證。

史坦威與她作伴不到五年，那台老琴可是陪了她近三十年。但是他如何能夠同時照顧兩架鋼琴？父母留給他的這座老房子，不可能騰出空間再放置另一架鋼琴了。

然而，就在重新斟酌著這些腹案時，林桑不免陷入了另一個憂鬱的漩渦。

（所以說，我就要這樣繼續一個人下去了？）

他環顧著屋內景象，想像著兩架鋼琴同時擠進這個空間裡會是什麼樣的畫面。從此被這兩架琴擋住所有出路進退不得，那會是什麼樣的人生？

班級都已告停，只剩下班主任與會計白天會來上班清點與作帳，天黑之後的音樂教室變得闃寂空蕩。

他卻開始習慣在夜裡來音樂教室獨坐。尤其是坐在那台貝森朵夫之前。

自從調音師告訴他，關於妻子生前對家中那台史坦威近乎神經質的要求，之後的幾天，他對那台鋼琴慢慢產生了異樣的感覺。

（為什麼從未聽她提起過呢？）

他努力想從記憶裡找尋愛米麗坐在鋼琴前的樣子，卻僅有新婚初期她還有教學生時，跟學生合奏時的一些片段。那些學生們不知後來的發展如何了，恐怕也都不知道他們的老師已過世了。

家中原本的貝森朵夫換成了史坦威後，愛米麗反而說，不想再收學生了。他當然支持她的決定，並鼓勵她專注在自己的演奏上。

接下來便是興沖沖地籌備她的獨奏會。在報章媒體從沒有固定專業樂評的情況下，她的演出也沒有激起太多迴響。四成的票都是送出去的，另外四成都是靠他生意上多年的老關係包下的，另外那兩成自己購票的觀眾究竟都是什麼樣的人，林桑一直覺得好奇。

完全不相識的人，只因看到了張貼的海報？還是一些始終只是站在遠方默默關注的舊識？

如果，他們後來沒有在一起，某日只是很偶然地發現了愛米麗的演奏會訊息，他會是那個悄悄買票進場的人嗎？

跟愛米麗一起去聽過無數的音樂會，從國際大師到名不見經傳的學生之輩都有。如果演奏者是後者，現場無非就是親友團滿場飛，然後他會偷聽到前後左右婆婆媽媽們的八卦，誰誰誰的兒子去了歐洲，誰誰誰的女兒嫁了誰誰誰的兒子，卻絕對避而不談當天的演奏者，彷彿這樣才能淡化了不得不來捧場的尷尬。

若換作是赫赫名家的演奏會，則又是另一種台北奇觀，現場必然冠蓋雲集，彷彿只要出席了就是與國際接軌，立刻也與大師沾親帶故了。自認有點身分地位的，都不會想錯過這樣另類的家族聚會。

林桑自知他不過就是個生意人，個性又不是頂隨和，演出熄燈前永遠只是靜靜坐在位子上，讓愛米麗一個人去與那些有頭有臉的人打招呼。

他不是不曉得，其實婚前對愛米麗的過去瞭解並不深。

畢竟自己比她大了二十歲，他以為就算不清楚又如何，以他在社會打滾這麼多年的閱歷，哪有什麼不得了的事，非得水落石出才能教他安心？人生不過就是且戰且走。再加上他成長過程裡，學音樂幾乎就等同於某種家教保證，能夠去美國拿到藝術學位的愛米麗，相較於他原本生活圈裡能碰得到的異性，相對是單純多了。

身邊的女人沒有哪個對他是毫無所求的。

愛米麗也不例外。否則一開始她也不會有這閒情，出來跟一個大她二十歲的老男人吃飯，不是嗎？若沒有供與求，人跟人之間又哪有真正的關係可言？

碧亞翠絲黃其實什麼都不缺，除了一個只存在於她浪漫想像中的男人。

他的前妻當年與他是同校外文系的高材生，之後沒有他的這些年，在美國網路產業幹得有聲有色，一切都很順利（喔，除了他們那個滿口髒話渾身刺青的兒子），她可能比他還更不適合婚姻的牽絆。女權主義者也好，大男人沙文也罷，都無關對錯，也許有人需要的正是另一半具有這樣的特質。

愛米麗怎會不知道，在看似跋扈衝動的行事風格背後，他其實是一個慷慨但寂寞的人？

力不從心，指的未必是那方面的體力問題。多一個人就是多一份牽掛。牽掛本身就是一件費力的事。

為何以前從沒這樣的感覺呢？

他並不覺得後悔，只是內疚。

事後回想起來，或許正是因為她不同於其他世俗性格明顯的女人，他反倒並不那麼容易猜出她的心思。

端坐在貝森朵夫前的林桑，揮之不去的只有一個念頭：真正瞭解婚前的妻子有過哪些喜怒哀樂的，應該只有這架鋼琴了。

從兒時的舒曼到青春期的貝多芬，從出國前到回國後，從雙主修到小提琴，從學生變老師……

在她即將成為人妻的前夕，她曾在它的琴鍵上留言嗎？

放棄成為鋼琴演奏家，對她來說曾經是困難的嗎？

之後，在音樂教室還未轉型的那段空窗期，林桑不時會傳簡訊問我：想要過來彈琴嗎？隨時歡迎。

遇上我回去音樂教室練琴，林桑總會拉著椅子坐在一旁。倒不見得是在欣賞，比較像是，那琴聲帶給了他某種療癒。

可以想像，他一個人每天待在那屋子裡面對著那台史坦威，久了難免會有幻覺。所以當他告訴我，有時彷彿會聽見它發出聲音時，我並不訝異。

他就像是一台舊鋼琴。他或許自己都沒發覺。

或許那就是他為什麼總會覺得聽到鋼琴聲的原因。沒人彈奏的鋼琴，是他不願承認的自我投射。

有時在音樂教室鎖門後，我們會去他熟悉的那間啤酒館坐坐。

換了場景，林桑的心情也似乎放鬆些，話也開始慢慢多了起來。他說，這家小酒館開了快二十年了，很怕它維持不下去，所以一定要常來捧場。

都是自己來嗎？我問，想像他減了二十歲後會是什麼模樣。

那時候我剛離婚，有幾個酒友大家一起鬼混了好多年，直到我認識了愛米麗，兩個人決定在一起。

他口中那幾位酒友，都是他事業剛起步時認識的前輩。早年跟這群前輩來往，多少有助於自己的事業。股市的大戶，銀行的總經理，軍火販子，媒體的老板，都是不論政黨怎麼輪替，依然能夠安然無事的紅頂商人之流。

這群人彼此間的交情深淺，林桑始終沒搞清楚，被邀請加入他們的聚會一開始令林桑覺得莫大榮幸。結果發現，也不過就是整晚言不及義，或者根本都在各說各話，只要話題一冷場就添酒舉杯：「乾！」哪次聚會不是如此？身為後輩的他都只能耐著性子陪到底。

在這幾位大哥眼中，當年的林桑既是一個商場上值得結盟的後起之秀，也是一個喝酒時的好聽眾。更重要的是，年紀小他們一輪的林桑，總會很有責任感地把一群喝得東倒西歪的老傢伙送回家。

愛米麗不喜歡他們？

也不是——他斟酌著，好像心裡的念頭會燙舌：女人有閨密，但是男人好像沒那種的朋友，散了就散了，並不會捨不得，不是嗎？你有聽過一個男人對另一個男人說，我好想你喔？哈哈哈。

我不知道那個笑點是什麼。沒讀過白居易的〈與元微之書〉嗎？當時話到嘴邊又忍了回去。很有可能，我後來在他面前總是欲言又止的習慣，就是在那一刻裡被設定的。

為什麼不約老朋友們出來聚聚呢？

他說，那些人只適合大夥兒都意氣風發的當年聚在一塊兒，不是像現在這種時候。

現在的林桑，比起前輩們當年的歲數猶有過之。曾幾何時，聚會地點就已不再是啤酒館或酒店，而是改在某家台菜餐廳的包廂。這群已經年近八十的老人，還是一樣誰也不服誰。會這麼說，是因為愛米麗滿七結束後，他曾把大夥兒又約在一起，算是宣告自己打算重新振作的開始。距離上次見面，約莫也有兩年了，大家照例先互問彼此的近況。輪到了林桑，簡單幾句話竟被他說得支離破碎：愛米麗，胰臟癌。半年前發現的，她走了之後我現在……

林桑說不下去了。

本以為老大哥們會說兩句安慰開導的話，卻發現他們並無明顯的反應，好像他不過跟大家說的是剛剛路上塞車，還是哪裡又新開了家不錯的餐廳。老人們繼續七嘴八舌聊著之前與鄰座被打斷的話題。

林桑才想到，死亡對他們來說不是什麼新鮮事了。也許，他們根本不記得愛米麗是誰。他們的婚姻太短了。有哪幾位老先生有出席他的婚禮，他自己都沒有印象了。

不知道自己究竟期待的是什麼。不就是因為從來都可以不聊心事，純粹扯淡，所以才選擇跟這些老男人吃這頓飯的嗎？

那位軍火商趙老，他們之中年紀最長的，突然中途冒了一句：「棺材是裝死人，不是裝老人。」他旁邊的人馬上接著問：誰死了？

「小林他前妻啊！」

「不是已經離婚好久了嗎？」

說完這段，林桑自己都忍不住笑了起來。

這樣的閒聊中，慢慢地我發現他其實並不是一個嚴肅的人。有時我也不免猜想，不知道他鬧起酒來是什麼樣子？他口中的當年，應該就是我現在的年紀吧？

如今他再也無法扮演團體中那個年輕小老弟的角色。或許他的心境比在場其他這些人還更蒼老。原來，過了某個年紀之後，心智便不再按照實際歲數成長換算。大家領到的牌子上，寫的都是同樣的一個老字，六十與八十不再有差別。

有一陣子總會聽見他這麼感慨。

某回他從國外出差剛回到台北，半夜突然肚子餓了，想到這時分大概也只有常去的那家啤酒館，老板總會應熟客要求去廚房弄幾樣小點。結果他一進門就看見被大夥兒戲稱為「主席」的張哥，獨自一個人坐在角落。

怎麼沒邀其他人？張哥笑笑，含糊地應了句：不麻煩了。沒聽懂張哥話裡的意思，不識相還要追問：怎麼不去上次的酒店，找小姐陪你喝？一個人喝酒多無聊！

林桑坐下與張哥對飲，竟然對方也都少話，一點也不像當主席的，每次嗓門都最大。林桑突然才明白了，原來這些老傢伙們彼此之間都算不上推心置腹。多了他，就像爐子添了火種，他們才有了吹噓闊論的興致，有了他這個後輩當觀眾，他們才更來勁。人年紀越大，越在乎面子，真正孤獨來襲的時候，只能躲起來一個人。

老男人一個人喝酒的模樣真淒涼，林桑說。那時候才剛恢復自由之身，身邊不乏紅粉圍繞，沒想過自己也會老。

老帥哥，一定還是有很多女人等著跟你約會啦！察覺林桑的情緒忽然低落了，我總會適時搭腔。

哈，此時最不宜的，就是跟女人扯上關係！

林桑邊嘖斥邊澄清，不是因為守喪期間，也不是因為怕被誤會，而是他驚訝地發現，就只是沒有那個力氣了。男人花了一輩子在學習討好女人，結果她們還是說男人不瞭解她們。

「那老弟你呢？」

「我什麼？」

每次碰到他這樣問起，我就會用脫下棒球帽露出禿頂這一招。「你說呢？要人沒人，要錢沒錢，安份過日子罷了，不然能怎樣？」

好在，林桑對我的故意裝傻或含混其辭並不窮追猛打，只用他那副我過的橋比你走的路還多的眼神上下打量一番，然後微瞇起眼，不以為然地哼出一聲似笑非笑。

5

雖然，有好幾次差一點就按捺不住衝動，也想要跟林桑細說從頭，但我立刻就克制住自己這樣的濫情。

想起某位已過世的諾貝爾文學獎得主是這麼說的：「見多識廣的人都能掰出一堆情節；只有那些想要理解這個世界的，才能夠真正訴說。」

如今想來，或許，那說的也正是我與林桑。

讓他知道得更多，並不會對我們的關係有任何的幫助。一開始我已跟自己約法三章，並說服自己，像他們這樣的人永遠不可能明白，身為調音師這份工作對我的意義是什麼。

有些事，就算說了對方也未必能理解。

例如，我記憶中最早的那架史坦威。

例如，愛米麗的那台史坦威，其實根本沒有什麼問題。她只是不快樂。

又或者，我曾經是有那個機會的，有機會展開完全不同的人生。若不是因為我始終忘不了，那年夏季豔陽下，卻無故感覺下過一場雪後所留下的困惑與遺憾——

或許那跟後來所有發生的事都有關，或許無關。但是除非我繼續說下去，否則，我永遠不會知道答案。

究竟是誰，在那個一直隱約存在的世界裡，仍不斷敲擊出那些破碎的音符？

放棄了彈琴，邱老師什麼也沒問，我們就這樣斷了聯絡。

因為體重過輕，我在考軍校的第一關體檢就被打了回票。躲過了原本父親幫我規劃好的人生，十六歲的我開始過起白天打工，晚上念商職夜間部的生活。

直到我即將升高三前的那個暑假。

記得當時我正匆忙地要換下打工制服，趕去學校參加期末考，聽見電話那頭的邱老師說，想要介紹我認識她的一位初中音樂班同學。什麼？喔好好。為什麼會有這樣的會面？我當時毫無頭緒。

滿懷著愧疚與忐忑赴約，狀況外的我一坐下就立刻對眼前的景象感到好奇：老師與這位青年才俊之間，怎麼會有這樣默契十足的好交情？

看得出來，老師的眼神裡充滿了對這個人的仰慕。能夠成為國際上小有名氣的鋼琴家，又應某大學之邀回國擔任客座，此人所擁有的這些，對她來說顯然都已是遙不可及的夢了。還有多少音樂班的少男少女，前仆後繼在為這樣的夢想而活呢？為什麼邱老師一直未嫁呢？擺在眼前的不就是一對郎才女貌嗎？……

我止不住開始天馬行空地亂想著。

客套與暖場結束，老師劈頭就切入正題：你也荒廢得夠久了，對自己的前途，難道沒有一點想法嗎？

什麼叫做荒廢？荒廢了我的天才嗎？還是我把含著銀湯匙出生的好命活成了落魄敗家？不僅當下我很想頂嘴回去，老實說，直到今天我仍然不明白要怎麼理解這二個字。

我希望你好好考慮一下，雖然所剩的時間不多了，但是只要你願意，我相信你做得到——

我咬住下唇，想起了好多年前與老師打勾勾的那個下午。為什麼一定要去考音樂系呢？半天之後，我聽見自己低聲的抗議。

因為你太驕傲。老師比你更了解你自己。其實你一直在等的就是這一天。證明你可以不走別人走過的路。可以讓別人記得你有多麼特別。可以只用一個學期就勝過他們五六年的努力——

在老師對我急切喊話的同時，我注意到她身旁的那道目光，始終若有所思地停在我的手上。

老師留下我與那位鋼琴家單獨會談。

他要我隨便彈個什麼，我就彈了拉赫曼尼諾夫的〈無言歌〉。他問我為什麼選了這首？我看著他，聳聳肩，瞬間不知是哪裡來的一股怒氣：因為我覺得一開始這首曲子是寫給女高音演唱，根本是個錯誤！

沒想到對方竟然被我的回答逗笑了。金絲框眼鏡後的目光裡，有一種我久違了的坦誠，依然少年般的直率。

在彈這首曲子的時候，你有想到什麼嗎？

雪。我說。

那，你有看過真正的雪嗎？

沒有。

那為什麼是雪呢？

記得我先是垂下了頭，不敢直視他的眼睛，然後沒來由地感到鼻頭酸酸的。我無法解釋，那種總像是一個人走在大雪紛飛裡的感覺，即使我從來沒機會見過真正的雪。

我沒有可以形容的字眼。或者根本也不是雪，我說，只是隱隱約約總在身邊飄落的一些什麼東西。

他沉吟了片刻。

那個你形容不出來的什麼，他說，就是時間。音樂讓我們聽見了時間。

聽見了我們自己的影子。

我詫異地抬起頭，發現他正定神注視著我。

之前只知道自己擁有優異的配備，但是卻從沒有人告訴過我，音樂不在鋼琴裡，而是在我的影子裡。

是他告訴我，每個人都有一個與生俱來的共鳴程式，有人在樂器中尋找，有人在歌聲中尋找，也有人更幸運地，能夠就在茫茫塵世間，找到了那個能夠喚醒與過去、現在、未來產生共鳴的一種振動。

可能是一種叫愛的東西。也可能是一種叫信任的東西。與其說我們在聆聽演奏鋼琴，不如說，我們在聆聽的，是逝去。每一個音鍵吐出的，都只有那個當下，永遠不可能重來。

即使最孤獨的人、最窮困潦倒的人、甚至瀕死的人，他們都能夠從一首德布西或巴哈中得到相同的感動，因為那是我們共同的來處與去處，他說。

是的，我一直記得那天他最後對我說過的話。

往後的人生裡，我從來沒有停止過自問，到底那位從紐約來的鋼琴家在我身上看到了什麼？那個任性、懶散、自以為是的天才，永遠不可能成得了大器，肯定從一開始就沒有逃過他的法眼。

他不像邱老師對我一直有更多的期望，但是我也懷疑，邱老師她是否理解自己究竟在期望什麼？會不會只是對自己的看走眼不能釋懷而已？

那年夏天，鋼琴家在台北的童年舊居。

不是陽明山別墅，或是知名文教區裡的電梯華廈。那是位於曾為熱鬧酒吧區巷底的一間老式小洋房，當年就已見外牆斑駁的老屋，遠比不上邀請鋼琴家回國的單位為他安排的會館。

鋼琴家說，因為他沒法彈奏陌生的鋼琴。

那樣特殊的地理環境，陰暗陳舊的老屋裡卻放置著一架華麗的史坦威，每當回憶起那個不協調的畫面，我仍能感受到一種詭異的奇幻氣息。

這架琴是我爸送過我最貴重的禮物，我出國留學沒用到他一分錢，全是自己的獎學金，他說。

「你知道我最喜歡我們家這個老房子的哪一點嗎？小時候這附近夜生活很熱鬧，我練琴完全不怕吵到左鄰右舍，因為他們比我更吵哇！」

或許，某些人的相遇，注定只會在某種年代才有可能。

在那個貧窮年代，原版的古典樂黑膠唱片在台灣還是非常珍貴且奢侈的。看到我乖乖地成為了鋼琴家的門下，邱老師對此顯然感到相當欣慰。她不知道的是，事實上大多數的時間，我們都只是在聆聽他那些對我來說如同至寶的黑膠唱片收藏而已。

那也是個資訊不發達的封閉年代。

拉赫曼尼諾夫已經辭世快半個世紀，多數台灣學生所熟悉的當代鋼琴大師，還停留在魯賓斯坦或霍洛維茲的階段。拜多年的反共抗俄與冷戰之賜，許多蘇聯的鋼琴家不僅長期遭自己政府限制出境，就算開始在西方樂壇受到推崇，在我們這裡卻仍是禁忌。

這麼多年來，每次只要聽到斯維亞托斯拉夫．李赫特這位蘇聯鋼琴家的演奏，那琴聲立刻就會把我帶回到那年夏天，讓我想起第一次鋼琴家為我播放他現場錄音時的情景。

舒伯特的G大調第十八號鋼琴奏鳴曲D894，在李赫特的指尖下，呈現了與其他版本迥異的內斂舒緩，輕盈卻又變幻莫測。我記得當下的空氣中，彷彿立刻充滿了一種來自北國寒冷大陸特有的孤獨感。

他少年時代並沒有接受過正統的音樂教育，直到二十歲被俄羅斯鋼琴學派掌門人涅高斯發掘賞識，破例收為門下。

我靜靜聽著鋼琴家為我解說。

一九四九年他獲得了史達林大獎，才終於被放行出國演奏。一開始只能在中國和一些東歐國家。直到一九六〇年才首次在美國舉行演奏會，立刻征服了歐美樂壇。

但是他非常不喜歡美國，也不喜歡出國巡迴。他寧可在自己的國家，搭著火車穿越西伯利亞，沿途看到風景宜人的小鎮就會下車，在當地舉行小型演出。他也非常抗拒進錄音室，所以我們聽到的多是他演奏會的實況錄音。

注意他如何掌握那些音符間短暫的寧靜。無聲的部份也是演奏，切記。

磅礡激昂，很多演奏家都做得到。但是只有他，完美詮釋了鋼琴琴音中的輕與靜。

多年後，當我也開始擔任鋼琴家教，仿照鋼琴家對我當年的啟發與孩子一起聽我鍾愛的ＣＤ，換來的卻往往是家長嚴重的不滿，以為我是在打混摸魚，沒有督促孩子練習與滿足他們期望中的進度。有些家長毫不猶豫便告訴我不用來了。對音樂系學生來說最簡單的教琴糊口，我竟都經常碰上無法適任的窘困。

也許我真的不懂得因材施教。

可以只用一個學期的勤練，就可以勝過別人五六年的努力考進音樂系，這樣的我，如何能理解一般人在學習時的障礙？

至於邱老師的託付，鋼琴家多少還是有放在心上，尤其是在每月一次為學生講評的工作坊結束後，他就會突然對我嚴厲起來，雖然那熱度從來持續不了一週。

「就算不想考音樂系，至少這一輩子也該享受過彈彈好琴的滋味吧！」他連催我去練琴的理由都讓人難以拒絕。「我可是從奧地利專程把他請來台灣幫我調音的喔！」

跟這位調音師合作多年，只有他最明白鋼琴家需要的是什麼。每次演奏會前，到底該挑選那一架鋼琴上場總是讓他非常不安，最後都要找來這位調音師到場才能放心。

我至今仍會想起，人生第一次彈奏這麼名貴的鋼琴，而且是國際名師調音過的史坦威時的心情。當年那種驚喜與無措，有時仍會讓我想笑出來。

「很難形容我耳朵聽到的那種音色，」他說。「只有那個頻率，那個振動的層次，可以把我帶進讓我感覺安全，又帶著一點悲傷的奇妙領域。」

我說我明白那種感覺。

某回意外碰到鋼琴家的母親路過來訪。年近花甲的婦人依然濃妝，染成栗紅色的一頭捲髮飛揚澎湃，雖然她非常親切地端出切好的蛋糕，招呼著我們休息用些點心，但藏在她的笑容裡的凌厲與勢利，讓這些口頭上的熱絡難掩一種交際場上的老練。

這位小朋友家住哪裡？之前在哪個老師的門下？有打算出國嗎？

一連幾個問題後，她顯然立刻對我失去了興趣，並迅速地朝她兒子遞了一個責難的眼色，彷彿在說，從哪裡撿回來這麼一個破銅爛鐵？我羞愧地看著盤子裡吃了一半的蛋糕，木然地呆坐在那兒，直到婦人被兒子催促著快點離去。

一個已在國際上成名的鋼琴家，與一看就知道風塵出身的母親，如果換到今日狗仔文化當道，勢必不會放過鋼琴家是某政要私生子這條勁爆的新聞。

本以為鋼琴家與我有著相似的天才困擾，結果他告訴我，從小苦練就是想為母親爭一口氣。

所謂的天才，他說，有的不過就是腦神經發育速度超前，過了一個年紀之後，又會慢慢趨於正常。那種突然發現原有的天份一下不見的恐懼，毀掉了太多跟他同輩的準演奏家，他在國外見過太多。

「可是我從來沒想當什麼演奏家。」我說。

「所以我才會讓你來我這兒彈琴呀！」鋼琴家總知道如何讓我啞口無言。

只是他的恐懼，一開始我並不能懂。

三十四歲的他仍是年輕的，還可以跟十七歲的我開孩子氣的玩笑。但是對一個曾被樂壇關注了十年的明日之星而言，如果還沒有更上層樓的突破，等於已經是在走下坡的老面孔。

他還沒有跟柏林愛樂或祖賓梅塔合作過。他還沒有百萬美金的錄音合約。他收到的演出邀約，越來越多是一些熱鬧有餘份量不足的音樂節。

他單身匹馬在國外流浪得太久。他除了經紀人與觀眾，生命裡已經沒有其他。後來才知道，他之所以會答應回國擔任一學期的客座，是因為他極度躁鬱需要暫停休養。

或許從來不是因為我有什麼令他驚豔的才華。

或許只是因為他非常需要有一個人陪伴療養，所以我才有機會和他共享那架史坦威。

他不會不知道，邱老師是喜歡他的吧？當初同意收我為門下，也有可能只是他覺得對老師抱歉，而以此做為回報。

比起在舞台上，只能孤伶伶地面對每一場演奏的不可知，我以為，成為幕後被某人完全信任與依賴的對象，或許那才是比較幸福的。

不是伴奏，不是伴讀，而是做為一個類似於鋼琴演奏家身邊，調音師那樣的角色。

一切盡在不言中的年代，多年後才懂得，竟是世紀末暴風雨前的寧靜。

某次上課，我還沒走進客廳就聽見屋內音響開得極大聲。我立刻認出那是巴哈的《郭德堡變奏曲》。

哇，這傢伙彈得很棒啊，是誰？

記得我還興高采烈地表示讚佩，以為是鋼琴家又設計了什麼考題。正想藉機繼續炫耀一下我的鑑賞力，不料窩坐在沙發上顯得無精打采的鋼琴家，卻冷冷地反問了我一句：是嗎？

我拿起了唱片封套假裝端詳，不敢再多言。當時孤陋寡聞的我並不知道，這位五十歲早逝的加拿大籍怪傑顧爾德，已經在西方樂壇翻雲覆雨多年所引起的震撼。而那天鋼琴家播放的，正是他當年一推出便驚動古典樂壇的成名作。

擁有超凡技藝，卻在成名後拒絕公開演奏的這位奇才，堅持最好的音樂是在錄音間而非音樂會現場。他寧可在錄音間彈奏二十次到滿意為止，甚至不排斥修飾剪接的技術。

他鄙斥音樂會的高票價是一種菁英階級的特權，他要以平價的唱片錄音讓更多人欣賞到他的音樂。

他更破天荒地在錄音過程中，同時記錄下自己一邊彈一邊還隨著旋律哼吟的背景雜音。

他花許多時間在電視機前，從不接電話，卻喜歡主動打電話與人絮絮叨叨他對自己健康的憂心。

關於顧爾德生平的古怪行徑，在他過世後這三十多年仍然被許多人津津樂道，討論他的書籍也從未中斷，甚至都早已偏離了音樂的本身。從時間結構到虛擬性的探討，從音樂廳的建築結構、音樂會的運作結構、媒體結構、官僚結構到資本流動的結構……，議題琳瑯滿目。直到今日，他依然是個令樂迷爭論不休的人物。

如今回過頭去看，至少他正確預言了一件事：人們接收與欣賞音樂的傳統方式將要徹底改變。

但是，在那個音樂數位化下載仍是科幻想像的年代，天秤的一端是李赫特，依然堅守著鋼琴現場演奏，對錄音室極度排斥；另一端是顧爾德，認為重點在音樂，即使演奏不是一氣呵成又何妨？

而我，不知是哪根反骨在那天突然不安份，竟敢與鋼琴家辯論起來。

「你不是告訴我，李赫特第一次在維也納舉行演奏會時，他的繼父在他上台前無預警前來告知，他母親過世了？結果他那場表現失常，被樂評攻擊得體無完膚，什麼神話破滅、傳奇不在……為什麼要讓他被那樣羞辱？音樂家也是人，也有情緒，為什麼不可以失常？」

「音樂家不是為樂評而活的！所謂樂評，不過是無法如願成為音樂家的一群惡意混蛋！冒充專家，小題大作，最後賺到幾塊錢稿費就心滿意足，沒有夢想，毫無創意，只會躲在樂評這個頭銜後沾沾自喜。即便所有這些評論的人都死光了，音樂這件事也不會受到一點影響，這才是真相！」

之前從沒有見過鋼琴家失控慍怒的這一面。不難想像，那些年他承受了多大的壓力。停頓了片刻，他起身走到了音響唱盤前。我也不敢再出聲，滿室只剩下顧爾德的演奏，如此華麗，精準，高潮迭起。

唱片放到了盡頭，鋼琴家才再度開口。

「沒錯，走向舞台的那一刻，面對的就是無法完全掌握的狀況，一個演奏者最後只能專注在當下他與鋼琴之間的對話。人生不也是如此？就是要克服心魔，跨出那一步。」

他接著說起李赫特到了晚年，視力不行了，怕強烈的舞台燈照射，只好台上熄燈，只在鋼琴上留一盞小光。不管台下是農民還是達官顯要，他仍堅持獨自坐在半黑暗中，繼續地彈奏。

「而且，他早就為自己選好了陪伴自己臨終的音樂——舒伯特的鋼琴奏鳴曲。能不能成為演奏家，到頭來真的沒那麼重要，重要的是，走過人生這一趟，到終了的時候，有沒有那個令你心安無悔的東西？」

沒有人會想得到，鋼琴家竟然會比孤獨悲傷的李赫特先走一步。十七歲的我又哪能真正體會死亡這個話題？

當時浮上心頭的，竟然是舒伯特這個倒楣的傢伙。

身高一五幾的矮冬瓜，長得又醜，頭髮稀疏，敏感神經質，一生窮困潦倒，追女人從沒成功過。然而，就在那幾次僅有的男女之歡裡，讓他得了梅毒。

這個舒伯特，人生中遭遇的不幸著實難以想像，始終如遊魂一般徘徊在靈魂的深淵。三十歲早逝，生前比起蕭邦或李斯特，除了懷才不遇，更是難比他們豐富的情史與風流韻事。

幸好他還有音樂。他一生完成了九首交響曲、二十一首鋼琴奏鳴曲，以及數不清的歌曲與室內樂。

有了音樂就足夠了嗎？還是說，他追求的從來不是揚名立萬，而是因為面對那份空虛、那種對無法滿足的愛慾渴求，所以才留下了這些創作？

如果放棄了對愛的渴求呢？

想到這裡，我回頭再瞧了一眼唱片封套上顧德爾的照片。瘦乾禿頂駝背，一對招風耳，演奏時竟然還蹺著二郎腿。接下來連我自己都意外，怎麼會說出這樣的話來：

「欸，也許，他不是真的放棄了演奏會喔，而是放棄了某種期待。像是一種戒斷的手段：故意不再演出，宣示自己從此與某種最愛一刀兩斷！有沒有這種可能啊？」

忘不了鋼琴家在聽到我的無心之言後，頓時眼中流露出一種既訝異又痛苦的表情。

一語成讖。事過境遷才明瞭，鋼琴家當年陷入的掙扎，還有他那一整個世代，在世紀末面臨的一場突如其來的浩劫。

與邱老師從未正面討論過鋼琴家的去世，只知道他在一九九〇年代初得了「一種奇怪的病」。甚至我們後來都刻意地避免去談起這段遺憾。

一九九七年，得知李赫特過世那日，說不出心中是什麼樣的一種複雜心情。感覺離開的不光是李赫特而已，彷彿古典音樂的某種光環因為二十世紀最後一位大師之死而確定暗淡。一切都更商業化了，音樂家們開始演奏流行樂曲，黑膠唱片被淘汰，連卡帶都被ＣＤ取代。

想要取得李赫特的ＣＤ不再是難事，但是只擁有過鋼琴家演奏卡帶的我，在卡帶日久損毀後，再也無法更新。不過去世才幾年的時間，鋼琴家已從數位化音樂的世界中徹底消音。

我特別回去尋找鋼琴家的舊居，才發現那巷子裡的一排老屋早已全部拆除。失落之餘，心中不斷浮現的畫面，是老屋中那架華麗的鋼琴。

儘管在鋼琴家結束客座返回紐約之前，我已經有感，他是不會再回來了。但我卻曾經傻氣地以為，他的鋼琴會一直待在原地，那就夠了。沒想到那年的一切，就這樣消失得一乾二淨，如夏日裡的一場雪，從此悄然無痕。

那架鋼琴後來到哪兒去了呢？

做為敘述者，究竟還需要交代哪些與我自己有關的事情？
我是說，除了我是一個音樂天才之外？

6

結束了德布西的第一號華麗曲〈阿拉貝斯克〉，演奏者的雙手在空中暫停了三秒，感覺如一對天鵝正緩緩游滑過湖面，終於上岸。

相隔四分之一個世紀，少年終於有這個機會再次坐在史坦威之前，聽到音鍵在他的指尖下發出迷囈呢喃。二十五年前那個少年，隱約在琴身黑漆桃花心木的反影上短暫地重現，在音樂結束的那一剎，也瞬間消失了。

靜坐了數秒，還以為會聽到從背後傳來鋼琴家的一聲excellent。結果卻是不知何時走進了客廳的林桑，寥寥施予的掌聲。

如夢初醒般，我長長吐了一口氣。

林桑送給愛米麗的這架史坦威，雖不是骨董名琴等級，我猜，應該價格也至少三百萬。

我本應當拒絕來此練琴，但是林桑說，不然的話他還要多跑一趟，去音樂教室幫我開門。如果他信得過我，大可以把音樂室鑰匙給我一套，但是他卻情願讓我登堂入室成為常客。

我不知道究竟哪種做法才會讓人比較不尷尬。

起初我甚至懷疑，他是不是發現了什麼？

如果他真正的目的，是想從我這裡打聽關於愛米麗的任何事情，我該如何繼續保持不多話的淡然？

「你是說認真的？」聽見了他的問題，我轉過身望著林桑：「怎麼會突然想學鋼琴？」

「一直想學，但是從來沒下定過決心。年紀越大越怕出糗，越怕出糗就越不敢開始。」

「那現在是怎樣？」

我翻了翻書架上的樂譜，找不到任何初級可用的教材。

「我覺得，你可能是個好老師。」

那是典型林桑說話的模式，被動語氣中其實表達的是強烈的主導企圖。

一開始相處時我並無察覺，只覺得他主動的善意超乎我的預期。而我也以一種同情加上愧疚的心情，屢屢接受他的邀請。我們甚至還一起去了他與愛米麗初相見的那家法國餐廳。在他的喪妻哀悼過程裡，我竟不知不覺成為了他唯一的聽眾。

如果他知道，每次坐在他的面前我有多尷尬的話。如果愛米麗的靈魂尚未走遠，會不會跟我一樣感到啼笑皆非？

原本我可能會由於越來越難以掩飾的這份擔憂與懸心，而選擇開始慢慢與他疏遠。他的孤單，他的失落，他與愛米麗婚姻中的沉悶，在那一刻好像都成了我難辭其咎的責任。

往事無預警浮出的瞬間，我突然對眼前那個男人強烈地感覺到抱歉。

不知道那是第幾次再回來幫愛米麗的鋼琴調音，只記得同樣也是一個夏日炎炎的午後。

屋子裡突然變得好安靜，只有我一個人。

從落地窗看出去，愛米麗與剛剛來訪的一位客人正站在梧桐樹下交談，彷彿有意想避開我的存在。那名身形高挑的男子腦後留著一截馬尾，看起來比愛米麗要年輕一些，一雙眼睛細長而微吊，很典型那種西方人喜歡的單眼皮。

深埋在記憶裡多年的某個景象，意外地在那個午後又被勾引出了水面。

即將返回紐約的鋼琴家臨行同意舉行一場演奏會，他問少年，如果安可曲中放進一首輕鬆的四手聯彈，願不願意上台跟他玩一玩？

少年笑說不敢。

不敢？那是因為你沒有一套像樣的衣服！鋼琴家不改一向對少年的揶揄：就這麼說定了，改天帶你去訂做！

嘴上雖說不敢，少年的一顆心簡直就要被這樣的承諾興奮得撐破。雀躍的原因，不是想到會有多少「重要人士」當天將坐在台下，而是他將與鋼琴家穿著一式的黑色禮服，結著領花，在鋼琴前並排而坐的那個畫面。

畫面中我先是看到梧桐樹下愛米麗的背影，她的髮髻不知何時已經鬆了，一頭長髮披散。馬尾男的手在她的髮間梳游著，揉搓著。

同樣的夏日午後，一位金髮碧眼的訪客突然的出現，讓那首四手聯彈終成為無法實現的承諾，只能永遠活在少年的想像裡。

鋼琴家與訪客說起了法語，進了房間，留下少年一個人坐在鋼琴前。老舊的房門關起後又不聽話地疲乏放手，露出了一道縫。屋裡的兩人完全沒有察覺門縫外的眼睛。金髮的男子把鋼琴家緊緊摟在懷裡，兩人的唇如同歷經了整個夏季才終於找到彼此的蟬，要趕在夏日的尾聲奮力完成牠們的交配……

後來我跟愛米麗說，我都看到了。她先是吃了一驚，然後開始哭泣。

我伸出手去托起愛米麗的臉龐。

許多人都說過我有一雙漂亮的手掌，有骨有肉，指節修長，連鋼琴家都曾讚美過這是天生要用來演奏的一雙手。沒有別的東西可以奉獻給哭泣的她，除了我肉身上下這唯一美麗的奇蹟。

即使如此，愛米麗仍然像是被侵犯了似地，立刻別過臉去，將我的手一把推開。

同情與罪惡感究竟如何區別？

為什麼背叛對某些人而言是如此輕而易舉？

鋼琴家四手聯彈的搭檔畢竟不會是我。同樣是演奏家的金髮男子，做為那晚的神秘嘉賓會讓整個音樂界為之雀躍並津津樂道。怎麼會是我？為什麼會那樣天真？也許連背叛都算不上，只是一句玩笑話被我當了真。不是早就決定放棄鋼琴的嗎我其實早就知道不會有什麼不同為什麼讓自己又再一次——

這個無知的男人，至今仍沉浸在喪妻後的孤獨自責裡。然後他唯一願意打開心房的對象，只剩下前妻生前的調音師，那個沒有機會更親近他妻子的音樂天才，一個想以要脅換得愛米麗重視的怪胎，一個沒人會在意曾經傷害過的瑕疵品……

我知道我什麼都不能透露。

多年來我已習慣，自己是那個孤立的黑鍵，另一個白鍵似乎永遠存在於指端無法企及的邊緣之外。

我無助地注視著記憶裡被鋼琴家遺棄的那個少年。記憶中的少年，握著拳頭，指縫間夾著一根螺絲釘。他閉起眼，聽見螺絲釘在絲滑般的史坦威琴身上，刮出一道長長的，窸窣而尖銳的呻吟。

然後他哭著衝出去，在巷子中頭也不回的死命奔跑。他知道沒有人會發現他的失蹤而追來尋找。只能繼續地逃跑。

以為只能這樣了。沒有盡頭。直到再也不知，自己究竟身在何處。直到林桑讓我又再度坐回了一架史坦威前，聽到自己的心跳。

早就放棄教琴謀生，更不用說，教琴的對象如果是眼前這個男人。只好推說調音工作繁重，也僅點到為止，生怕他會繼續多問。他側頭想了幾秒，再開口時，語氣顯然變得沉重起來：

「如果沒人教我彈琴，這琴就只能荒廢在那裡，沒有人再會碰它了。」

被荒廢的命運只是遲早的事。

沒有人彈奏卻只靠調音保養，難以預料樂器的狀況會如何地逐漸惡化。

然而，我也並不認為他想學琴的說法是認真的。似乎話裡還夾雜了好幾層的意思，教人沒法立刻參透。

直覺上的理解，難道是打算連帶音樂教室裡的那些鋼琴，一併處理掉這架史坦威？因為他的確會徵詢過我，是否認識二手收購業者？每一台粗估合理價是多少？

見我沒立即回應，他緊接著又有了新想法。

「光靠調音，收入一定不穩定吧？而且鐘點費比起教課來也少了許多。我聽班主任說，愛米麗也覺得你彈得不錯。乾脆，你就收學生在我這兒教琴吧！鋼琴都是現成的。」

一抬眼，落地窗外的那棵梧桐樹下，我彷彿又看見了那兩個廝磨的人影。

從來不覺得自己需要朋友的我，實在無法判斷，背叛是不是人與人之間共振時必然會撞出的雜音？

七歲的孩童與二十四歲的邱老師。十七歲的少年與三十四歲的鋼琴家。四十三歲的中年與六十歲的林桑。

同樣的間距，反覆如同輪迴。

彷彿是鋼琴上相隔的兩個琴鍵，同樣的等距在不同的音程裡，奏出的卻是截然不同的振動與共鳴。

六十與八十的共振如果讓人感覺寂寞與絕望，會不會是因為久未調音？反覆出現的間隔，哪一個才最接近畢達哥拉斯的和諧律？

總有人會受傷。

是不是大家都懂得如何計算那種機率風險，除了音樂天才？

二手樂器商到音樂教室估價那天，林桑也通知了我到場。不用我多說，他也看到了求售的結果就是如此，聽到開價就已讓人心涼。

就這幾台？還有別的嗎？樂器商彷彿能讀心，看看我又望望林桑。

我避開林桑的眼神。

雖然拒絕了用愛米麗的史坦威教課這個提議，我仍繼續彈奏著愛米麗留下的鋼琴。

那念頭像是，只要不讓那架史坦威被荒廢，就可以阻止無法描述的一種惘惘慢慢向自己逼近。已經有好多年都不曾如此投入，不必擔心是否佔用了別人的時間，練琴的時數越來越長。

只是，有半個月和林桑都不曾再去酒館聊天了。我們之間最近僅剩一些必要的問候與禮貌的閒談。等教室裡又只剩下我跟他時，我遲疑了一會兒才決定打破沉默。「你，還好吧？」他沒有回答，自顧回去一間間把練琴室的門鎖上。

既然都已經走到找人來估價這一步了。

顯然，教琴不是我目前的生涯計劃這個理由，並無法取得林桑的諒解。向來我只幫忙維修調音，誰是鋼琴的主人從來不是我的考量。

琴歸何處怎會是我的責任？他為何認為我會答應在他家開班授課？在貝森朵夫上彈完一曲李斯特的〈嘆息〉，發現林桑不知何時來到了身邊，等著要來關上最後這一間練琴室。

看見那滿臉的懊喪，我隱約感受到他已準備放手了。這一次鎖門之後，或許今後再也不會有彈奏這台貝森朵夫的機會了。

有可能與林桑之後也不會再有什麼交集了，因為他說過，男人跟男人間的交情，散了就散了。

但是愛米麗不會消失。

一想到還要繼續守住的秘密就讓我猶豫。除非他寧願捨棄的，是那架史坦威？

幫著收拾了一些雜物，鎖好練琴室的門，等走到音樂教室的大門口，我發現我倆都遲疑了一下，誰都不想做那個先推開門的人。

林桑問我，等會兒要去哪？我說，要去買琴譜。

雖然這麼多年來，從CD到iPod，李赫特演奏的舒伯特鋼琴奏鳴曲仍經常被我播放，不管是第十八號D894、還是第二十號D960，但是我卻從沒有起心動念，要將它們納入我個人演奏的曲目。

舒曼，或許；李斯特與蕭邦，在準備考音樂系的時候都下過一番功夫。德布西與拉赫曼尼諾夫，一直就是私心的最愛。但是舒伯特，多年來卻屢屢被我有意無意繞過。

或許在下意識中，舒伯特的人生總讓我心驚膽戰。更有可能是，李赫特的版本太令人懾服，以至於我一直企圖逃避這項挑戰。

沒想到，那段日子裡在林桑家的勤練，為我增添了不少信心，終於給了我想要嘗試的念頭。

更沒想到的是，作為音樂家的丈夫，林桑竟然從沒有走進過琴譜專賣店。

坐落於西門城中老區，已有五十年歷史的老字號，在我心裡其實更勝於那些由知名室內設計師操刀打造的時髦文創店。在那樣的空間裡，總會看見那些在用力扮演藝術家的年輕人。

如果是穿著棉麻織品的寬鬆大褲，披著一條長圍巾，臉上表情冰冷的，那是舞者。刻意表現出一種低調，破舊牛仔褲加球鞋，雖然總是形色匆匆，卻對四周目光十分敏感的，那是演員。

因為高跟鞋與髮髻而顯得超齡成熟的女生，不是黑道卻一身黑衣黑褲的男生，若是手中再加一束鮮花，那八成不是合唱團就是室內樂團員，在剛剛結束一場演出後會有的模樣。

所幸在那間老字號裡不常見到這類人。

日據時代就已存在的那種老樓，窄梯陡斜，一線通頂。爬上三樓推開了琴譜店的大門，回頭看見林桑正如我的預期，露出了一臉訝異的表情。

意外的闖入者一眼肯定無法猜出，這究竟是一個什麼地方。從屋頂到地板，滿牆都是一格一格附帶玻璃小窗的木製抽屜。每個抽屜都特別訂製成細長扁薄的尺寸，正好是兩頁琴譜攤開的大小。所有的音符都如此沉靜地在那匣中等待著。

既像是某座寺院的藏經閣，又像是歷史悠久的某間醫學實驗室，一格格抽屜裡彷彿裝的不是樂譜，而是那些偉大作曲家的ＤＮＡ。一首首樂章都是人工的存放與取用，拉出扁扁的小抽屜，聞得見木紋，還有那專門為印製五線譜的紙漿氣息。這裡不賣一般音樂社裡整本成冊的琴譜，只有散頁。抽取時每個人都格外小心翼翼，怕一不小心就要造成折皺或污損。

林桑安靜地在店裡走看了一圈後，不知何時已悄悄地站到了身後，看著我把舒伯特的琴譜一張張從格屜中抽出。

半晌，他才刻意壓低音量，突然輕聲說道：喂，我把史坦威賣了以後，你要上哪兒去練習這些曲子？

當下以為，終於拍板定案了。同時，卻又感到他似乎一語雙關。其實，我早就想到了一個為音樂教室解套的方法。

一直忍著不多嘴，是怕逾越了自己調音師的身分，以為自己可以不同於他生命裡的那些人，不希望到最後被誤會，其實我跟那些人都一樣，無法做到只是交會而別無所求。

那一念之間到底發生了什麼事？只記得下一秒鐘當我回過神來，發現自己悶啞的聲音竟如此回答——

「……賺不賺錢不是重點，重點是，這樣你就不但可以保留了陳老師的鋼琴，也保留了教室的空間。場地夠大，放個十台鋼琴不是問題。雖然暫停了音樂教學，但多少還是與音樂相關的生意……」

7

時間來到十九世紀末，鋼琴製造技術達到新的顛峰。在紐約這座城市，鋼琴交易就如同華爾街股票、百老匯劇場、新聞報業出版一樣，曾經是它最頂尖的產業之一。

一百七十幾家的鋼琴製造商都群集於此。數百種品牌，數以萬計的鋼琴，曾經都在紐約生產與集散。

登上一九二〇年代高峰之後，紐約的鋼琴銷售接下來只剩逐年下滑的頹勢。唱片錄音技術的普及，無線電廣播的問世，取代了有音樂的地方就有鋼琴這幾百年來的定律。連進入演奏廳正襟危坐聽一場音樂會都嫌太奢侈，一個個演奏家都開始走進了錄音室。

到了一九八〇年代，紐約生產的唯一廠牌就只剩下史坦威。全美國從百家品牌凋零至僅存五家還在製造營運。

話又說回來，就算鋼琴仍為多數人想要收藏，地球上也沒有那麼多的森林可以被砍伐，製造鋼琴所需的原物料已經越來越困難取得。

除非是那些有專人保養的名琴，一般鋼琴的下場多半是被解體拆卸，能用的零件被重新組裝，救不了的就成了廢料回收。紐約雖不再是鋼琴之都，卻多年後谷底翻身，成為了今日鋼琴再造重鎮與二手鋼琴買賣中心。

經過組裝再造後的鋼琴，靈魂說還成立嗎？

從職業的角度，我會說，任何一台鋼琴無關新舊，若有所謂的靈魂，那也是經過調音解咒之後才被釋放的，否則也只是持續被禁錮著。

抵達位於第五大道的卡萊爾飯店已是晚間十點許，二十多個小時的飛行，讓全程未入眠的林桑已倦容滿臉。我們匆匆道了晚安，便各自進入對門的房間。

和衣小寐了不知多久，突然睜開眼，看到床頭電子鐘顯示已是午夜凌晨。打開了行李箱，取出新買的厚重羽絨衣，穿上後我便獨自步出了飯店，開始在空盪的街頭無目的地漫走起來。

出發前我們誰也不知道，已在待命中的會是什麼樣的轉折。林桑問我為什麼會有二手鋼琴買賣這個想法，我坦言，多年來我一直在一個網站上與全世界的鋼琴迷聊天討論，雖然都只是紙上談兵，但多少知道一些眉角。

林桑沒有反駁，只說了一句：那我們就得去多找些二手鋼琴。我還來不及多做功課，他便已訂好了機票旅館。

究竟該說，這是託愛米麗之福，還是拜我的不自量力之賜？原以為今生早已與我無緣的紐約，即使已走在它的第五大道上仍讓我感覺極不真實。

非週末的凌晨，又已是十一月初冬蕭瑟，馬路上除了大型的掃街車，與不時急馳而過的黃色計程車，根本沒有幾個人影。計程車一輛輛都加足馬力，擔心向隅似地不知要趕赴何方，不免讓人想像這座城裡是否還有一些地圖上並不存在、外來客無從得知的秘密地點？

無人的曼哈頓，乾冷的風一陣強過一陣。不知不覺便已經走到了第五大道的最南端，華盛頓廣場的那座拱門之前。

我知道，圍繞在廣場四周的，就是紐約大學的校舍。

那年，十六歲的鋼琴家，就是從這裡站上了他的舞台。

二十二歲那年，鋼琴家在林肯中心的Alice Tully廳舉行了第一次的大型獨奏會。次日，紐約時報刊出的樂評對他高度表示讚賞，一個年輕演奏家的人生就此改變。

多少音樂天才，在他們青少年的時候就已握有了征服此地的門票。

至於四十歲過後才第一次踏進紐約的，只會被提醒所有那些已過期、再也不可能被兌換的點數。

直到那個深夜徘徊在華盛頓廣場，我才第一次意識到，自己在世上的時間如今已經超過他了。但每想到他，我總還是會不自覺像孩子般地仰望，彷彿仍然在等待著他的認可。

只有從他帶回來的一些錄影中欣賞過他舞台上的風采，我從來沒有真正坐在舞台下當過他的觀眾。早年用的還是後來沒人再聽過的 Beta 影帶，當時竟沒想到應該拷貝一份留存。

連他最後離台前的那場演出我也錯過了。都已經這麼多年了，沒想到，他曾經告訴過我有關紐約的種種，我都還記得。

早該知道，來到鋼琴家生前的另一個故鄉，那個曾經擁抱過他的舞台，我不可能不陷入令人迷惘的、一連串「如果」的糾纏。

如果，曾跟鋼琴家保持過通信的話，或許我就會知道他在曼哈頓的舊居所在。當然，那不過就是不著邊際的胡思亂想。鋼琴家都已經過世快二十五年了。

但是，如果那個法國人還住在那裡面的話？

他們曾經同居在一起嗎？鋼琴家死時，法國人有陪在他身邊嗎？

我並不想瞭解兩個男人的愛情是怎麼一回事。我關心的只是，台北那架被我刮傷的史坦威，有沒有可能最後是被運來了紐約？

他死後那架琴是不是被法國人繼續珍藏？如果我知道地址，我會不會有那個勇氣上門？

如果，只是如果，當大門開啟，才發現一切都只是誤傳，他就出現在我面前，一個六十多歲的發福中年人。他只是做了一個重新開始的決定，就這樣隱居度過了下半生？……

第二天用完早餐，我們開始順著百老匯大道往南行。曼哈頓的西中城，除了著名的史坦威與佩卓夫展示店，還有十來家各式各樣的二手鋼琴與再製廠商。每當店門被推開，接待人員看見一頭銀髮與一身阿曼尼的林桑，無不因為那派頭而當他是來自東方的某大音樂家。

沒人會注意到跟在他身後，把棒球帽壓得低低的我。直到他們發現，我才是真正坐下來試彈的人時，他們臉上驚訝又尷尬的表情總讓我暗嘖偷笑。

逛到第四家店時，迎接我們的是一位年輕的東方女孩，聽見林桑與我對一架外觀精美如高檔傢俱的梅森交換意見時，她立刻出英語轉成了中文：台灣來的？

「叫我小張吧！」她自我介紹，來自北京，剛取得了茱莉亞的音樂博士學位，我跟林桑聽了相視一笑。小張問怎麼了？

「你已經是第三個說是茱莉亞畢業的了。」我說。

「你們還去了哪幾家？有碰到那個雷蒙嗎？阿根廷來的，還是我同學呢！」小張不以為忤，反倒哈哈笑了起來：「紐約不光是滿街等著試鏡的演員，想要成為演奏家的也一大把！」

說完她便立刻坐下秀了一段琴藝，是有兩把刷子。倒是那架葛洛蒂安，一如之前在其它店裡我試彈過的二手鋼琴，都出現同樣的問題。為了突顯音色宏亮，調音師都做了過度的修飾。

「所以林先生之前彈的琴是哪個牌子的？」

林桑被這一問突然愣住，我趕緊接口，是史坦威。這回換小張怔了一下：那是怎麼著？為什麼想要換琴？

「不是買給我，是買給他的。」

雖然，那只是林桑當下的搪塞——總不好直說是為了自己開業吧？——但是，聽到有人開口說要送自己一架鋼琴，即便只是一秒鐘的誤聽，這可笑的幻覺卻在我耳中嗡嗚了好一會兒。

再看小張那表情，顯然是摸不透現在該推薦什麼價位品級的物件。或許她更猜不透，怎麼會有人想送鋼琴給我這樣的中年魯蛇？

見大家都沒意見，她便把我引到一架閃閃發亮的黑色平台鋼琴前。琴蓋上寫著「里特米勒」。雖半信半疑，我還是試彈了一小段蕭邦。

「怎樣，還不錯吧？」小張指指譜架上的定價卡：「全新的，只要一萬美金。」

我說我以前沒聽過這廠牌。

小張一聽反倒得意了。「Made in China！工廠在廣州，他們一天可以生產五百架！中國這幾年的鋼琴品質進步很快，價錢又低，整個市場現在都被迫跟著降價，否則根本不是對手！」

原來在她眼中，我配得上的鋼琴，就是這種等級。

三天的尋訪落幕，晚餐間林桑開始問起我的看法。某些鋼琴不算嚴重的缺點，有意無意都被我誇大了些，並表示這門生意必然存在許多黑暗面，也許我把它想得太過簡單了。

身穿民族服裝的男侍者微笑著來到桌邊為我們上菜。室內牆面全採紅色設計的 Russian Tea Room「俄羅斯茶堂」，以前只有在伍迪艾倫的電影中看過，沒想到此刻我竟身在這家著名的紐約餐廳。

「我做了一輩子生意，什麼奸商沒見過？」沒想到他並沒有因此氣餒，邊把餐巾鋪在膝頭，邊舉起了紅酒杯：「我倒覺得很有趣，怎麼有這麼多名校的學生都在賣鋼琴？」

我說，所以我不想教琴了，想做演奏家的年輕人已經太多了。也許鋼琴製造業已經被音樂家生產線所取代了。

「到最後還是會夢醒的吧？藝術這一行，競爭這麼多，想出頭太難了。我就是個商人，只懂得成本與收益，實在看不懂那些人在做什麼夢？是好萊塢電影看太多了嗎？」

我沒法反駁，也不想反駁。他不會懂得，就是因為已經所剩不多，所以只好孤注一擲的人生是什麼意思。

「我這樣說或許很主觀，但是在我看來，太固執的人往往就會錯過其它的機會。固執，有時可能只是因為害怕。二手鋼琴買賣的提議，對你對我，也許都是那個應該把握的機會。你也許會是一個很好的partner，搞不好你很有生意頭腦你自己都還沒發現。如果愛米麗能早點介紹我們認識就好了……來！Have a toast，為我們將來的合作！」

我跟著林桑舉起紅酒杯，至少為他這番感性的說法。

其實，他一直沒鬆口，還沒做出將音樂教室轉型為二手鋼琴買賣的最後決定。但是過去一段時間，他已經開始按月發我薪水，如今還稱我為他的合夥人，partner。

起初確實有點受寵若驚，但是想一想，是誰在去為不同的鋼琴調音時總會順便帶上他，引導他認識鋼琴的構造與不同廠牌的特質？

又是誰從網站上帶他認識了國外的二手鋼琴買賣，認識那些台灣人並不熟悉的名牌？並讓他瞭解行情，一台美金一萬八就可以買到的二手葛洛蒂安，到了台灣可以叫價到多少？

一旦開始營運，可以被信賴為任何一架舊琴重新整音調律，讓它滿足客戶任何夢想的，除了我還會是誰？

兩人的晚餐，偶爾還是會提到愛米麗，就像她始終與我們同桌，隱約在一旁沒有出聲。

林桑說，他與愛米麗先後去過倫敦巴黎維也納，最後竟沒來得及在紐約留下任何回憶。他提議過幾回，都被愛米麗委婉地勸說來日方長，她想先去歐洲。畢竟她是留美的，真的不急於一時再度重遊。

一個自稱是奸商的男人，怎麼會沒有懷疑過這當中另有隱情，聽不出這只是妻子的推託藉口？

我知道，只有在我對他的同情渾然不被察覺的情況下，我們的合作才有可能繼續。

也許正如林桑所相信的，每一種關係都建立在供需平衡。就算是，我只不過被當成了在他喪妻的失意空虛中隨手攀到的浮木，於我又有什麼損失？然後，不知怎地，我的眼前突然浮現的是鋼琴家與他的法國金髮情人。我相信，他們一定曾常來此用餐，在兩人都意氣風發的那些年。

在四手聯彈的那個希望破滅之前，我也許曾經幻想過，鋼琴家會帶著我去到不同的城市，聽他一場又一場的演奏。

也許並不是幻想，而是他確實曾無意間給過我這個希望。跟一個十七歲的孩子做出這樣的約定是一件殘忍而危險的事。

如果，又是另一個如果，當他發現他珍愛的史坦威被嚴重刮損後，曾經試圖把我找回去興師問罪的話？又如果，我有那個勇氣向他坦承認錯的話？事實上，會不會是因為，我沒有讓鋼琴家有那個履行約定的機會？——

但，已經都不重要了。

收起環視這間紅色餐廳的目光，我輕聲說出自己都有點難為情的感謝：這一趟讓你破費了，林桑。

或許，與眼前這個外表比我還更像一位音樂家的林桑，我們的供需平衡是建立在遺忘。

他終需要忘記那個並沒有愛過他的愛米麗；而我，終於來到了鋼琴家的城市。

8

來到紐約的第五天。

這一日我們沒有安排行程，因為林桑得要去一趟費城，跟他的前妻與兒子碰面，來一場親子午餐會。

如果據他之前所說，每回見面都會讓他胃痛屬實的話，我幾乎可預期，等他傍晚回到紐約時必然情緒大受影響。因此，在離開旅館各自活動之前，我特意問他，要不然我去林肯中心看看，也許今晚的音樂會還有票，希望有助轉換他的心情。沒想到他的回答竟是，挑齣百老匯音樂劇吧，很多年沒有看了。

這樣的建議反倒教我鬆了一口氣。

其實，我也並非真心想去聽那場音樂會。尤其不想走進，曾經寫下鋼琴家人生重要註腳的 Alice Tully 廳。

買好了戲票，接下來整個白天，我就這樣毫無目的地在城市裡亂走。一整天下來，我計算總共看到十三個拉小提琴的人，在人行道旁，在地鐵的月台上，在大大小小不同的公園裡，等待著來往的路人給他們打賞。

不曉得是不是因為低溫的緣故，總感覺有一種微微的暈眩。下午四點暮色便已降臨，寒風從包圍曼哈頓島四面的水岸長驅直入，就好似有一把把的刀正在重新雕刻出我的身體，再不是長年在島國濕潮中，輪廓都已糊掉的那個身體。

每一口呼吸都像是會把冰渣吸進肺裡的冷空氣，甚至讓我恍然有種錯覺，自己的身體又回到年輕時那種有稜有角的清爽。

年輕的時候，我記得。

那時的世界沒有四季之分，夏季冗長得令人窒息，西風仍只是詩歌裡的字眼，我一直靠著想像著一場大雪讓自己活了下來。

太陽隱身，氣溫逼近零下，我從來沒有跟一場期待中的降雪如此接近過。

來紐約前抽空回老家去了一趟。位於南機場的國宅，是老爸賣了二十年水餃的積蓄所購，如今只剩母親一人獨居。

所幸除了聽力變差，她倒是還能自理。身為么兒，上有二兄二姊，我這些年只顧東遊西盪，還真是沒為這個家出到任何力。坐在客廳裡陪母親看韓劇，邊看還要幫她解釋劇情，那當下我感到十分心疼：平時她一個人在家守著電視，都只是望著畫面發呆不成？

對母親向來不多談自己的生活，更何況是還沒有眉目的事。這個二手鋼琴買賣的計劃真的能實現嗎？目前打工性質的調音服務，只夠養活自己一個人，什麼時候我才能負得起分擔照顧的責任？

到了廣告時間母親才忽然想起來，有一位邱老師打電話來過，要我跟她聯絡。

原來，老師今年剛從大學教職退休，在加拿大的女兒幫她辦了依親移民，最快月底前就要過去。

實在稱不上她的得意門生，卻讓她還惦記著師生一晤，說不出心中的那種感覺，到底是感謝還是無奈。童年印象中那個溫柔美麗慈愛的氣質美女，中年後剪去了長髮，已成了一個圓滾滾的婦人。

她一直很努力，從國小音樂老師完成在職進修轉任高中，又出國拿了一個碩士，回國後進入師範專科當講師，講師留職停薪又去念了個音樂教育博士，還在國外認識了讀資訊管理的未來老公。專科幾年後變學院，學院又升格成大學。她到底拚成了正牌的大學教授，甚至，還做過幾年大學裡的學務長。

不懈不倦的一生，如今圓滿榮退，我理應為她感到高興。還好，當年她與她崇拜心儀的鋼琴家沒有結果。

可是，我就是無法將眼前的邱教授與當年的邱老師相聯在一起。我感到說不出口的一種遺憾。我想知道，除了我與鋼琴家曾讓她失望之外，還有哪些事哪些人，將她年輕時的音樂夢越推越遠？

「老師常常會想到你。」

邊說邊戴起老花眼鏡的邱老師，從客廳茶几下取出了一個牛皮紙袋。「我最近在清理打包，發現了這個，你瞧！」

那裡面是一大疊我在小學時參加比賽獲獎的證書與獎狀。

「你那時候說，不能帶回家讓爸爸看到，要老師幫你收著，我後來都忘了它們一直還在！」

也許她自己都不記得那些夢了。

也許她想要見我，正是因為她需要另外一個放棄的人，讓她在揮別前夕有一個安心的句點？

「叫師丈。」

「師丈好。」

對著從外面走進來的人影倉促鞠了個躬。對方脖子上掛著一條毛巾，肩上背著一個水壺，大概是剛從爬山或健行回來。

師丈身形矮壯，即使已退休，仍不改沉著堅毅的面部表情，流露出一種彷彿要繼續為老年活出意義的決心。他笑著招呼了兩聲便從客廳消失，看來這已是夫妻間的默契，彼此擁有自己的社交空間。從走進了邱老師家後一直隱約感受到的某種氣息，我終於為它找到了形容詞：井然有序。

不再討論與音樂有關的話題，我們的會面就如同老朋友間一場敘舊那般尋常。轉眼自己也已經是中年人了，有那麼一剎那，我覺得自己隨時都可能要掉下眼淚來。尤其當老師突然話題一轉，問我為什麼都不成家？難道都沒有遇見過適合的人嗎？

三十年前的邱老師絕對不會說出這樣的話。我卻已不想同眼前的她辯駁，什麼才叫做適合的人？適合二字連用在一架鋼琴與一個演奏者的配對上都不容易了，放在兩個活生生的人身上，卻變成了一道不言自明的規範須知，不懂那是什麼意思的人，難道只有我？

三十年前初遇像師丈這樣一個人時，老師立刻就知道那是，「適合的人」嗎？如果是經過一生磨合才有的結果，那根本只是認不認命的問題。

一直等到告辭的時候我才像是順口提起，下週要去紐約。

短暫的迷惘出現在她的眼神裡，彷彿那是老師從沒聽說過的一個地名。隨即她迅速換上一張為人師表歡送畢業生時的笑臉，那種明明已經麻木卻仍堅持樂觀的表情。是喔，好好去玩，紐約有許多值得看的東西呢！

我以為老師還會多說點什麼。

我才知道鋼琴家對她而言，已經是沒有意義的過往了。

那天傍晚，直到開演前十五分鐘林桑才終於趕到戲院。在等待入場的人潮中，他匆匆環視搜尋，竟然沒有一眼就認出我。

新帽子？

是啊，下午逛到了東村的聖馬克斯街，看到這頂貝雷扁帽，酒紅色挺特別的，就把我那個破棒球帽扔了。

他前後打量我一番，誇說好看。我還來不及關心他的親子午餐會如何，他反先問我這一天都做了什麼。我打開背包，拿出一個裝了十幾個冰箱磁鐵的塑膠袋。

我沿路只要看到紀念品店、跳蚤市場或二手藝品店就進去蒐集，我說。裡面是各種樂器的圖形，有薩克斯風、吉他、鋼琴、小喇叭，小提琴、大提琴……這些都是要送給你的。

劇場裡開始閃燈，演出即將開始。他迅速把手伸進袋子裡，抓出了一個裝進了自己口袋。

9

關於音色。

按下琴鍵，我們的聽覺神經所接收到的琴音包含三個部份。

第一個部份，我們可稱它為基本音，嗡嗡。第二部份，鏘鏘。音符的力度與清晰與否由它來勾勒。

第三個部份，添加了聲音裡的表情，有點像是燈光的明暗，由嘶嘶這個聲音在負責調控。嗡嗡，鏘鏘與嘶嘶間的比重調配，就構成了我們耳朵所感覺到的音色。

不像音律或音準，縱然不可能達到百分之百的正確，我們仍可以經由數學的計算讓它逼近。但是音色卻是全然主觀的喜好，就好似你會對某種類型的人有種先入為主的好感，無法解釋那是前世還是腦神經系統在作崇，但通常大家都傾向於相信那樣的一種直覺。

一般的耳朵總以宏亮悠揚為美，但是音色的層次卻往往不僅於此，有的宏亮如鑽石帶了一點尖銳，有的如珍珠多了一絲甜美。悠揚是要如陽光般輕快？或是帶有水聲般的抒情？

如何能理解演奏家所要求的音色為何？若無法以生動正確的言語形容出來，那樣的一種音色等於不存在。彼此是否對同樣字彙有相似的體會，那是另一個需要克服的挑戰。

身為調音師難免要有心理準備，偶爾就會碰到那種自認專業且不甘平凡的客戶如此表述：「要暗沉一點，陰鬱一點，但是溫暖，既包容又纖細……」他必須得忍住，不可以當場笑出聲來。

旋律是可被記錄的。演奏中的情緒鋪陳與環節呼應是可以模仿的。唯有音色，它從來不能被定型。再完美的音色都無法持久。

更不用說，反覆的擊弦勢必會讓音色隨著時間而不斷地出現變化。但是大多數的人卻寧願永遠停留在最初，類似於一見鍾情的那份驚喜。

那些人想抓住的究竟是什麼？

無論抽象的描述如何天馬行空，調音師能做的其實不多。

主要就是以針刺法改變琴槌的軟硬度，甚至將琴槌浸泡於化學液中，目的都是要造成它與弦接觸時輕重有別的彈跳，加強或延長嗡嗡、鏘鏘或者是嘶嘶部份的比重，如此而已。

如果他們瞭解，為了滿足他們的耳朵，琴槌必須付出千瘡百孔的代價，那些鋼琴的主人還會不會繼續堅持？藉由整形手術打造出所謂的完美情人，那種完美是否還具有任何獨特性？

演奏者純憑主觀追尋的音色，會不會只是曾經在某處聽過留下的記憶，而非真正發自內心的振動？而那份記憶，可能早已隨著時間產生誤差或扭曲，變成了某種幻覺？

如果我們還能找到一個與世隔絕的原始部落，讓那裡的人聽見有生以來第一首鋼琴的演奏，在他們心裡被召喚出的欲望與想像又會是什麼？

他們又將如何以語言形容他們所聽到的聲音？

我有極佳的耳朵判定音律，我有與生俱來超強的記譜能力，我也能夠分辨音色中所有細微的差異，但吊詭的是，我卻一直沒有屬於個人的音色偏好。

對一個根本不可能自己擁有一架鋼琴的人來說，對鋼琴音色挑三揀四不過就是自欺。

或許，這也是為何比起演奏家或鋼琴老師，我一直認為調音師的工作會更適合我。因為，對於演奏者對音色的偏執與完美主義，我永遠可以採取一種置身事外的態度。

調音的工作維繫了我與外面世界起碼的一點接觸。原本以為，能成為某人信任與倚賴的對象是幸福的。

但是，成為共犯與被信任，畢竟不是同一回事。

我被愛米麗一開始透露出的矛盾與複雜吸引，以為自己終於聽見了那個與眾不同的音色。

讓我意外的是，在那件事之後，愛米麗並沒有立刻取消我為她調音的服務。我繼續不厭其煩地製造出各種音色供她參考，結果卻讓她更無法做出判斷。最後她竟然反問：那你覺得呢？

我說，如今最好的方法是裝一套全新的琴槌，然後就接受它。這架琴再搞下去就要毀了。

她對我的友好與接下來表現的無助，只會更加讓我感覺到與她之間的不對等。我的卑微早已被識破，甚至連那男人再度上門時，她也從不屑為我做介紹。漸漸地我甚至懷疑，自己繼續留下來的原因，不是為了她偶爾表現的溫柔，而是為了看她如何被那個比她年輕的男人糟蹋。

她總會讓我想起，多年以前被我用螺絲釘粗暴刮毀的那架史坦威。

讓我無可自拔的沉陷無關性與愛，那是我對自己的憎恨。

故意在她面前表現出屈辱的可憐相，反倒無形中讓我取得了某些優勢，教她對我又嫌又怕，卻又不得不視我為唯一的同盟。如果沒有突如其來的那場癌症，我相信，那個留著馬尾的男人最後也會不得不對我另眼相看，後悔之前在我面前沒有表現得收斂一點……

一年後再上門，我伸出手指，在愛米麗的那架史坦威琴鍵上，按出了那個微微走音，嘶啞，充滿了蒼涼慈悲的琴聲，當下我竟然被那音色震懾，彷彿聽見有人在耳畔低聲對我說：不要走。

究竟是誰被困在那架鋼琴裡面？

原來紐約的夜生活並不在赫赫有名的那些大道上。

走進已經像是邊陲地帶的哈德遜河邊，眼前竟柳暗花明般出現了一條仍燈火通明的餐廳街。

為了看戲而沒來得及吃晚餐的林桑，疲憊的神情在面對餐單時果然一掃而空。在紐約那一週，林桑總是會想要重訪之前去過的餐廳。

可能只是一間大眾食堂式的漢堡店，或是小巷中某間古舊樓裡的希臘小館，那晚散戲之後，他更興沖沖地在晚上十點拖著我，好不容易找到這間據說有五十年歷史的義大利家庭式餐館。

就是要這種鋪著紅白格塑膠桌布，櫃台後頭坐著阿嬤在負責收錢的老店，口味才最地道呢！他說。

坐定點完餐，終於有機會問他，去費城都還順利嗎？他嘆了口氣，說孩子的繼父，前妻再嫁的老公發現有肺癌，辭了工作正在家休養。

「很荒謬，是不是？我們都曾經以為，第二次不會再犯同樣的錯誤了，但是結局卻是……同病相憐？」

生意忙碌的餐館裡，只有我們這桌開始陷入無語。英語似乎是非常適合用來做背景配音的一種語言，桌與桌之間像是在排練著某齣話劇似地，每個人都宛如熟悉自己台詞與角色的職業演員。

我想起了剛剛在劇院開演前，林桑從我的小紀念品袋中抽走了其中一個。於是我又把整包東西從背包裡取出來放在桌上，又再說一次，這些都是要送他的。

「猜猜我拿走的是什麼？」林桑把手伸進外套口袋：「不准清點剩下的，直覺回答。」

我看著他握著謎底的拳頭，突然莫名地感到惆悵。我搖搖頭，跟自己說，也許我永遠不想要知道。

見我沒反應，他先是輕笑了幾聲，然後自己打開了手掌。原來，是一支小喇叭。「很意外你會想到送我這個東西。」他說。

第一次來紐約拓展市場，住的是從報紙廣告找到的sublet，短期轉租，他記得那屋裡的冰箱上就壓滿了這種從前沒見過的小東西。他還研究了半天，如果引進國內會不會有商機。

「剛剛差點遲到，就因為我特別又繞過去，看了一眼那棟公寓。」他邊說邊繼續把玩著手中的小東西。「雖然只住了一個月，但是我一直記得那小公寓裡的陳設。」

「見過屋主嗎？什麼樣的人？」我對林桑的回憶開始感興趣。「什麼時候的事啊？」

「快三十年前了。那時年輕剛創業，嫌日租旅館太貴，有人才介紹我用這方法比較省。原本的租客是一個日本留學生，也是想省錢，回國度暑假不想白白付房租。很可愛的一個男孩子。他還會從日本寄卡片給我，關心我住得習不習慣……」

他若有所思地停了下來，視線突然從手心轉移到我的臉上。

「這種sublet的做法在美國很普遍，不過真的有點奇怪，他們可以信任一個陌生人就這樣搬進自己住處，睡他們的床，用他們的東西……我就像是在一個借來的家裡，代替著某人，繼續在裡面生活著……」

無端抒發的一段感觸，讓人一時間不知如何接話。若不是角落的一個人影，突然在下一秒勾住了我的注意力，我或許早該察覺到，一趟費城之行讓林桑陷入了心神不寧。

而接下來發生的事，只能說意外得讓人措手不及。

坐在林桑身後面朝著我的那人，眼神不經意與我交錯，卻連一秒也沒有多停留。他竟然對我毫無印象了。

我沒有太驚訝，只是沒有想到曼哈頓這麼小。

他這天穿了一件芥末綠的外套，圍了一條紫色的圍巾，我以為只有過氣的藝人才會做這麼招搖的打扮。但是最讓我印象深刻的還是他的單眼皮與馬尾。當他走向收銀機要結帳時，突然朝我們這桌喊了一聲：「Douglas！」隨即上前與林桑擁抱，並且以充滿哀悽的聲調連聲說道：「I'm so sorry……」

愣了一下我才明白，那不是在認罪道歉，而是對愛米麗的過世表達遺憾。

原來，林桑的英文名字叫道格拉斯？

那人如此自在地就跟林桑寒暄起來，全然不在意還有我這個知道內情的人，正冷眼旁觀著他的表演。

從他們的互動看來，應是很久沒見過面了。愛米麗的告別式不過才半年前。沒有出席還好意思現在假惺惺致什麼哀？我感覺一陣灼熱從胸口嘶嘶直燒上腦門。幾分鐘前還在懷舊的林桑，此刻卻已匆匆換上一副笑臉，拉那傢伙過來坐下，忙著為我做介紹。

「這是愛米麗的學生，家偉——還是應該叫你Gary？沒想到會在這裡碰到你！很久沒回台灣了是嗎？愛米麗教過幾年國中音樂班，你不知道吧？家偉很優秀的，高中就當小留學生到了美國，最後是茱莉亞畢業的，主修的是鋼琴，我沒記錯吧？」

是因為我換戴了貝雷帽嗎？還是他只是在假裝？不，應該只是因為我的卑微平凡，所以馬尾男依然對我毫無好奇，面無表情地點了點頭。

一瞬間閃過的疑惑來不及細想，眼前這兩人的談笑風生讓我感到無比錯亂。

愛米麗從沒說過，他是她國中音樂班的學生。

如果，這不是她用來搪塞林桑的說法，那麼兩人的戀情究竟是何時開始的？是在她赴美留學兩人重逢之後？還是，她選讀了同是東岸的波士頓大學，就是為了就近維繫這段不倫戀？

等到要向馬尾男介紹我時，林桑竟然一下語塞了。要不就是他突然想不起我的名字，要不就是他不想解釋，為什麼會跟我出現在紐約。

過去這三個多月來，都是一對一相處居多，用「你」彼此稱呼就足夠。靠通訊軟體聯絡時，我的帳戶大頭貼的暱稱是「piano man」，鋼琴人。對他而言，我的確像是一個沒有名字的人。

音樂教室的未來尚無具體計劃，如果不願透露太多，尤其是對愛米麗生前的學生，那麼如何介紹像我這樣一個沒有任何頭銜或漂亮學歷的人，委實會教林桑尷尬吧？

「這是我的partner——」

空白了兩秒後，林桑的目光突然從馬尾男轉到我臉上，彷彿他剛說出口的是一道考題，而非解答。

「Partner?——You mean "business partner", right?」

不懂馬尾男為何一直堅持用英文，我明明聽過他中文說得很流利。聽見林桑用夥伴稱呼我，他臉上忍不住流露出對林桑英文錯誤的嘲弄笑意，調侃他是不是不知道，這個字在紐約人口裡常指的是同性伴侶？

「喔原來是生意上的朋友，你們是不是有公事要談？那我就不打擾了。」

原本就無心久坐，更不會在乎我究竟是誰，馬尾男匆匆與林桑又交換了幾句客套後便急著告退，在我看來根本是落荒而逃。

林桑怎麼可能不懂partner這個單字的用法？連我都記得高中時候背

過。不一定是商業合夥人或同居情侶，那個字最原始的意思就是，一個搭檔。網球雙打，橋牌同家，你都需要一個partner。

被人攪局帶來的憤怒與困惑著實一時難消，我尤其生氣那傢伙竟然用了那種揶揄輕佻的口吻，對我們開了不堪的同性戀玩笑。我跟林桑看起來怎麼可能像是同性戀?!

「這個Gary看起來挺討厭的！你看那身打扮，什麼伴侶不伴侶的，他自己才是同性戀吧？」

「他不是。」林桑自顧平靜地拿起刀叉，朝盤中久候的煎小牛肉動手。「同性戀就討厭嗎？我不懂你這個偏見哪裡來的……」

林桑已經收起了臉上笑容，我卻仍控制不住自己的嘴巴，也不明白為何在那當下就是有一種想激怒他的欲望。同時我的憤怒開始慢慢不自覺傾斜，林桑剛剛從頭到尾笑不離口的表現，似乎比馬尾男的敷衍更讓我感覺受辱：

「一看就是個虛偽的傢伙呀！為什麼你要對這種假惺惺的人這麼客氣？搭什麼英文？明明就會說中文！同性戀就是同性戀，需要擺出自以為是什麼大明星的架子嗎？」

「喔？你知道他會說中文？」

我沒料到林桑真的有在聽我滿口胡言。「你不是說，他念到中學才出國的嗎？你不要顧左右而言他——」

「他現在英文應該比中文更流利了。」

「你又知道了？這傢伙——」

「你為什麼對這個人這麼有興趣？」

林桑終於失去了耐性：「那我告訴你，我不但非常清楚知道他不是同性戀。而且我還知道，他喜歡的是年紀比他大的女人。」

最後那句話讓我終於住了嘴。

像是有一把鎚子正敲中了我的額頭，我遲鈍地望著他，腦筋無法迅速反應，他是把這當成一個終結話題的玩笑？還是對我發出的一個警告？

沒有憤怒也不帶鄙夷，反倒像是怕我不相信他的話似的，突然那張臉顯得極為誠懇。

在無言對望的那幾秒裡，我一直聽見一堆嘈雜尖銳的音符，鏘鏘鏘，鏘鏘鏘，彷彿在餐館看不見的角落裡，有個淘氣的孩子正在猛力敲打著一台玩具鋼琴，不把那琴敲到崩解勢不罷休似地。

也許愛米麗曾對情人透露過什麼她婚姻裡無法向外人道的？

如果馬尾男的調侃不是無的放矢？

自以為掌握了他們婚姻中的秘密，結果有無可能，他們之間從來沒有秘密？以婚姻關係彼此掩護並不值得大驚小怪。

我幾乎開始懷疑，這是悲傷的愛米麗在另一個次元所設計的惡作劇。怎麼會如此之巧，在好幾百萬人的紐約市裡，偏跟馬尾男撞個正著？

神用音樂把靈魂騙進肉體裡，鋼琴家說。

靈魂本來是平等的，但是肉體不是，所以在人的世界裡，唯一的平等，只有靠藝術來完成。

鋼琴家曾為那個故事所補上的註解，突然又浮上心頭。在他離世之前，仍然是這樣相信的嗎？

耳朵被音樂滿足了，但是其它的感官卻仍囂鬧不休。如果拿掉了肉體，我、鋼琴家、愛米麗、林桑、邱老師……我們會活在怎樣的世界裡？我們的相遇是否就是完全不同的故事？

鋼琴家那時的痛苦我終於能體會。他征服了鋼琴，征服了樂迷的耳朵，卻馴服不了自己的肉體。肉體只能用殘忍野蠻的方式去滿足它。

然後是我先移開目光，後悔自己剛才的失態，忙離座說要去一下洗手間。事實上我只是站在廁所門外，看著其他客人不停進進出出，等待自己重新調整早已混亂急促的呼吸。

留在位子上，那個面對著餐桌另一方空無一人的側影，也將是我未來的寫照嗎？

隔著廉價的塑膠花架偷望出去，只見他拿起了我擱在桌上的那袋紀念品，將之前被他握在手裡的那件小東西丟了進去，然後把那整包捲了捲，放在自己身旁搭著大衣的空位上。

像他這種什麼都不缺的人，特別容易被這種不值錢的小禮物打動。但是我並未因他收下的這個動作感覺安慰，反倒是心中湧起一種無法形容的難堪，一股難抑的衝動，讓我幾乎想奪回那袋東西全部拿去丟掉。

當初被騙進肉體裡的靈魂們，難道不會想要彼此互換這副無謂又脆弱的空殼？

如果林桑的靈魂配上的是鋼琴家的肉體，或者，我的靈魂進入的是一具金髮碧眼的身軀，所有的遺憾，是不是都不會發生了？

等我一回座林桑便說，想討論一下明天最後一站，去布朗區的那間鋼琴倉庫的行程。

他的神情一如我們剛走進餐廳時那樣的從容平靜，彷彿什麼事都沒發生。我反問他，是否真的覺得音樂教室的轉型計劃可行，否則多跑這一趟也沒有意義。他好像沒明白我的意思，竟然回答不管怎樣，先回旅館休息，明天早去早回。

我無奈地點點頭擠出一個微笑。

等他買完單，兩人走到了餐廳門口，我看到外頭的景象與進門時已判若兩個時空，忍不住脫口喊出：Oh my God！

林桑先是不解，等看到我望著玻璃門外天空的眼神，立刻會意地笑了出來：從來沒看過雪喔？

片片雪花不是像兒時卡通片裡看見的那種緩緩飄落，而是在櫛比鱗次的高樓間，在陣陣渦漩強風中發了瘋似地四處奔竄。

路燈照出了它們的影子，小小的黑點與大片落地的白，如同打碎了的黑鍵與白鍵。

在雪尚未從天而降之前，它知道自己會成為雪嗎？
我幻想著自己與那些雪花在曼哈頓的上空旋轉飛舞，瞪著天空發傻。
它曾以為自己是雨滴，還是冰雹？也許曾夢見自己成為霰，或成為彩虹的背景？
直到某天，它張開羽翼迎接地面，才發現自己成為了雪？
陌生的城市與陌生的雪。
兩個在快雪疾飛中踽踽並肩的人，踩在地面薄雪上的腳步聲，參差錯落像是不需要琴弦的合奏。一路慢慢步行回到了飯店，看見工作人員正忙著撒鹽與鏟雪，飯店門口很快便清理成為之前的樣子。
也許是太過激動造成了耳鳴，更或許是，大雪紛飛並非全然空寂。
我隱約聽到了飄浮在空中那個持續不斷的低音，猶如僧侶虔敬梵唱時所發出的共鳴。

進門前我再一次抬頭仰望，滿天的飄雪給了天空另一幅繁星密佈的星圖景象，沒注意身邊多出了一雙手，正在為我拍去外套上鑲滿的碎雪。

明早八點大廳見？

我點點頭。

如同在這個城市街角經常會上演的晚安道別，在門對門的房間外，我快速擁抱了一下對方，然後轉過身掏出自己的房卡。

10

舞台上，李赫特緩緩起身，面對著台下觀眾微微前傾頷首，全場一片寧靜。

沒有人敢破壞了這如此肅穆又心神激盪的一刻。

一生不愛接受採訪的他，晚年罕見地接受了法國導演蒙桑容為他拍攝紀錄片的計劃。訂名為Enigma的這部電影在李赫特去世的次年推出，終於讓千萬粉絲看到舞台下更真實的音樂大師。

他自成一個世界，隱秘而閃耀。導演蒙桑容如此形容：他樸素地演奏，他全然自由。

當真如此嗎？片名不也在暗示，他是謎樣的人物，沒有人能真正看清？

第一次在YouTube上搜尋到這部上傳的影片時，幾乎忍不住想要脫口而出：

你覺得呢？

可惜早逝的鋼琴家無法看到這部影片。

我卻無法停止想像，若他也跟我一起觀賞的話，會出現怎樣的反應？看到老邁的大師，像是知道自己大限不遠似地刻意留下紀錄，會不會反而慶幸，自己不必面對髮禿齒搖的這一天，還想要為自己澄清什麼？

尤其是當看到李赫特描述與終身「伴侶」，歌唱家妮娜．朵麗亞克那一段的時候。

沒有熱烈追求或一見鍾情這類的戀愛史。大師只說，第一次聽到妮娜的歌聲就印象深刻。然後鏡頭就跳到同樣也已枯瘦憔悴的妮娜。

他有一天來找我，問我願不願意跟他合開音樂會？她說。他那時已經很有名了，我就回說，是一半鋼琴演奏，一半演唱這樣嗎？沒想到他的意思是，他為我伴奏。

就這樣。他以樂壇明星的地位，擔任她的伴奏。四十年後的妮娜說到這裡，仍然是那樣受寵若驚又難掩喜不自勝。

聲音再接回李赫特：一九四六年，我搬進了她的公寓。在那之前，我居無定所，住在公家單位宿舍，還要跟另一家人共擠。

完美的搭檔，終生的夥伴，妮娜在李赫特去世後沒幾個月也離開了人間。雖然攜手到死，他們並沒有正式的婚姻關係。彷彿同居讓自己的生活品質改善，是如此理所當然。

外界公認他與妮娜之間是「精神上」的結合，其餘留給大家自行解讀。

然後紀錄片來到如何挑選鋼琴這個問題。

竟然，大師向來虛弱慵懶的語氣，這時出現了少見的激動：我不懂得如何挑鋼琴，從來不會！我到美國演奏，他們讓我挑琴，整整一打的鋼琴！就是因為這樣反而害我彈不好！

自己挑琴是對演奏有害的。挑琴就像選擇命運，越試越糟。

挑琴是調音師的工作。就像聖彼得，心誠就能在水上走，心不誠就會沉沒。有時我反而在很糟的琴上彈得異常出色！

多麼自信，也多麼任性！

但是顯然問話者也聽出了矛盾，他不是不挑，而是不懂如何挑選；甚至可以說，他懼怕自己做出那個選擇。於是訪問者鍥而不捨，繼續追問：

你想要彈什麼樣的琴？

像是被偵訊的嫌犯，終於不經意就吐露了實情：「我想要的總是沒有。」

無奈的口氣，彷彿所指已並非鋼琴一事，而更像是隨即準備赤裸自己靈魂中某種求之不得所燒灼出的空洞。

然後大師很快又恢復了鎮定，不慌不忙的補充：關鍵是音色。山葉鋼琴就有那樣的音色。「極弱」，pianissimo。最動人的音色不是極強，而是那種極微的極微的弱音……

確實在晚年巡迴演奏時，他總自備一架山葉鋼琴托運隨行，彷彿這是唯一能消解要他挑琴恐懼的方式。也因此，痛恨搭飛機出國巡迴的他，竟然前後前往日本演奏八次之多。

但若仔細推敲，會發覺這樣的自白仍是前後矛盾。從什麼時候開始，他不再有「不管琴有多爛，我也可以彈得很好」的滿不在乎了？

難道說，那種自信只是一種偽裝？只是因為當年曾經有一位他極度信任的調音師在為他挑琴？爾後迫不得已，除了山葉不再考慮其他，只是因為那位調音師已經離開了身邊？

喂！你不是也說過，一定要有那位奧地利的調音師到場，你才敢上台？我對著身邊假想的鋼琴家大喊了一聲。

在「想要的總是沒有」與「從來不懂得如何挑選」之間，畢竟還是得做出抉擇。

芸芸眾生，不也如同各家各款的鋼琴，令人眼花撩亂？

那麼你說說看，究竟是李赫特從茫茫人海裡選出了妮娜，還是妮娜挑中了李赫特？

沒有開燈摸下床，在黑暗中走向窗邊拉開垂幕。看見雪勢仍大，索性就讓簾幕開著，整窗的雪於是成為房間裡懸放的一幅畫。盯著看久了，開始覺得微微的眩暈，恍惚中那不斷不斷飛旋的雪片成為了千軍萬馬，好像隨時都將衝破窗面，粉身碎骨在所不惜。

雪並非永遠那麼輕盈，它原來也可以如此雷霆萬鈞。

如今回想起來，這竟是我對紐約最難忘的印象。此外的一切，太多都已混雜了先入為主的道聽塗說與想像植入。

這個失眠的夜晚，不光是由於腦中反覆播放著馬尾男在餐廳的那些言行。片片段段，似乎還有什麼未完的牽牽絆絆。更因為某個幽靈又再度出現。

是的，除了幽靈這個詞，已沒有更好的形容。

原本前一晚該是跟林桑終於又能飲酒談心的時刻。我懷念在台北與他經常去的小酒館。自從成為了合夥人，我們甚少除了討論生意之外的對話。

思前想後，撞見馬尾男也不盡然是災難。我只好這樣安撫自己。

馬尾男的誤入，讓這些日子以來因懸念而生的緊繃總算解除。不用再為愛米麗守住任何秘密了，不必在林桑身邊總覺得自己只是跟班了。甚至，終於可以讓我對愛米麗說一句：消失吧，珍重！如果妳看得到這些日子以來我為林桑所做的這一切……

隨著馬尾男被我努力永遠拋到腦後，我開始意識到，愛米麗也正一步步在我的記憶中扭曲碎解。坐回床上打開筆電，戴上藍芽，讓好久沒聽的拉赫曼尼諾夫陪伴我，開始隨意地瀏覽一些鋼琴買賣相關的網頁。這時，螢幕角落突然閃出了一個郵件通知的小視窗，竟是邱老師發來的信件。

親愛的孩子：

打包整理得差不多了，和你師丈後天就要離開台灣了。

那日看到你真的非常開心，其實之前也撥過電話留話，大概是令堂忘記轉達。能趕在離開前終於與你取得聯繫，也算放下我心中的一個掛念。

看到「孩子」這兩字，莞爾之餘也不免有些惆悵。

算算時差，想像著邱老師在午後的書房裡，戴著老花眼鏡，速度緩慢地敲下這些字句，最後告辭時被我刻意壓抑的離別不捨終於浮出水面。那天的我被太多莫名的情緒拉扯，如今只能懷著對老師歉疚的心情，繼續往下讀。

二十多年不見了，你我都有了相當多的改變。知道你並沒有放棄鋼琴，我也很欣慰。那時你才小學二年級，放學下課後我還逼著你留下，還記得嗎？

回想起來，我那時也不過是一個才從音樂系剛畢業的年輕人，換作是今天，對於如何教育一個這麼有音樂天份的孩子，我或許會有不同的做法。多年來我為此事依然感到有點抱歉，也有點憂慮：當年沒有經驗的我，做法可有欠妥當？可曾對你造成負面的影響？

有些話當面實在說不清楚，所以又多事寫了這封信。二十多歲的我，內心裡對你的天份與才華，其實是既羨慕又帶著些忌妒的，但是能做為你的啟蒙老師，我感到十分驕傲。那時的我已隱約知道，成為演奏家這條路是離我越來越遠了。但是因為你的出現，讓我心中的夢想又再度點燃。只是，當時年輕如我，又怎能真正了解夢想的意義究竟是什麼？

長髮婉約，總是輕聲細語的老師，從時光的另一頭朝我走來。不，不是你。我在心裡喃喃低聲重複著。對我造成傷害的不是你，不是你——

我拔掉了耳中的藍芽，望向大雪紛飛的窗景，深吸了一口氣。

這些年我常跟我系上的同學說，夢想不是要去追逐的，也不是要你去擁有或征服的。它像是你的良心，你心裡最真的旋律，而非身外之物。

許多年輕人說要追夢築夢，訂下了一個個計劃，然後有的達成了，有的沒有，那些曾經所謂的夢想，也就一個個成為現實裡的某筆紀錄罷了。

千萬別誤會，老師不是在教訓你。我現在已經沒有資格做你的音樂老師了，恐怕你後來的造詣都已經超越了我。我只是想跟你分享一些我這二十多年來的體會，可以嗎？

既然都說到這裡了，我想再跟你說一個連你師丈都不知道的秘密。

（笑）

原本淚水已經在眼眶中打轉，這時卻又詫異得訕笑了幾聲。果然沒錯呀！每個婚姻裡都有秘密，竟然像邱老師這麼正直陽光的人也不例外？

老師三十歲那年第二次出國深造，雖然後來順利地拿到了一個音樂教育博士的學位，但是當中卻經歷了一段無人知曉的徬徨。單身在異鄉特別容易感到孤獨，於是我陷入了一段昏了頭的熱戀，與一個西班牙裔懷抱著演員夢的男子。九二年的夏天，我們決定搬去紐約，當時的我突然覺得，這是我的夢想，與一個相愛的人共度一生，等了這麼多年，終於碰到了這個男人。為了他，我當時寧願放棄還在修課的博士學位。

老師其實不是你想像中那樣的一板一眼，也有勇敢追求愛情的時候呢！

哈，好樣兒的！讀到這兒忍不住在大腿上擊了一響，但隨即又被一股隱約的落寞籠罩，笑意頓時僵在了嘴角。沒想到，連邱老師都曾經有過一段刻骨銘心——

我們在紐約住了半年，我白天在華人社區教鋼琴，晚上在格林威治村的小酒吧裡當琴手，為了客人的點歌小費，還學了許多以前都不知道的百老匯歌曲。男友雖然不斷地試鏡被打回票，但是他仍然不放棄，就像紐約許多的演員那樣，在餐廳裡一面當侍者，一面等待著機會。

一開始的確感到又新奇又幸福。從小到大，我都是人人眼中的品學兼優，雖然沒能成為一個知名的演奏家，但是未來能成為一個教授也還是優秀上進。我以為我在「為自己而活」了，拋開那些世俗了，但是半年之後，我跟男友之間開始常為錢的事情爭吵，發現原來夢想達成之後，依然還是柴米油鹽。

你一定還記得Joseph，我曾讓你拜師的那個鋼琴家吧？在紐約跟他又聯絡上了以後，才發現他生了重病。在他過世前幾個月的某一個晚上，我陪著他一起聽著他當年音樂金童時期錄製的演奏專輯，他突然問我：

你覺得你的家到底在哪裡？

我被他問住了。在那一刻我發現，自己竟對那些為了艱深的古典樂而埋頭苦練的日子仍有懷念。走在燈火輝煌的百老匯路上，看著形形色色來此逐夢的人，我漸漸體會到，人生不是非黑即白，所謂的夢想，有太多是要靠天時地利人和。

真正的夢想，是在你最無助徬徨的時候，又拉了你一把的那個力量。

Joseph 過世後，這樣的感觸尤深。

囉唆了這一堆，老師只是想告訴你，我既沒有後悔那段紐約出走，也沒有遺憾自己為何沒有更高的天份。選擇了家庭，選擇了回到台灣，我做出這些未必是更上層樓的選擇，但卻是最符合自己心裡那首旋律的。

請不要介意，老師那天問你有沒有遇到合適的人。老師不是在打探你的隱私，只是從小看你長大，有些事旁觀者看得比較明白。你應當是有些感情上的困擾吧？那天看起來魂不守舍的。當年老師都沒在怕了，你也可以瀟灑一點。不用怕，人生本就是來來去去，你是一個有夢想陪伴的人，它一定會在必要時候出現。幫你找回你的主旋律。

調音師這個工作很有挑戰性，只是你在起步階段，收入恐怕不穩定。老師會支持你，幫你介紹客戶。我已經跟我們學校的音樂廳主任說了，或許可以請你擔任「駐廳調音師」，專門負責那兩座演出用的平台鋼琴。

喔，應該是三座，我忘了還有那座外型有點損傷比較少用的史坦威。那是Joseph去世前捐贈給我們學校的。那時候他——

沒法再讀下去，房間內的暖氣燥悶得讓我快要無法喘氣。

打開窗戶，那些發了瘋似地的大雪部隊挾著冰凍的空氣，瞬間便呼嘯著湧了進來。一半寒冬，一半酷暑，我就這樣呆立在兩軍的交界失了神。

在這麼多年後，當真正的雪終於落在我身上的這一晚——
是誰釋放出了鋼琴裡的那個幽靈，讓它天涯海角又找到了我？

11

次日上午降雪仍未止，林桑臨時決定不搭火車，改租車駛往曼哈頓最北端的布朗區。一路上我們幾乎都沒有交談，除了不時就聽見林桑咳嗽兩聲。

沒睡好，有點著涼了，他說。

經過昨晚的意外插曲，一整夜沒睡好在輾轉反側、思前想後的，原來不是只有我而已。

愛米麗果真已如一陣風般，從我和他之間吹拂而過了嗎？不再有她處在我們之間扮演那隱形的橋樑，我們竟有如在等候電腦重新開機般，路途中只有默默地注視著雨刷掃雪的規律擺動。

直到聽見林桑突然開口。

後天你自己先回台北，可以嗎？我想再多留一段時間。
我克制著不顯露出訝異，內心仍不免因為這樣被輕率告知而感到有些難堪。有錢人都是這樣任性不可預測嗎？
我那個兒子，你知道的，明年要念大學了。那個男的現在正重病，我前妻說，恐怕不樂觀，也許六個月，或更短？——
一路上小小空間裡壅塞的沉默，早就讓我有了心理準備。也許這不是一個問號，我已隱約感覺他接下來似乎想要宣佈什麼事。
接下來的日子對他們母子都不好過，我更擔心我那個兒子，等他上大學以後我們能相處的機會就更少了。我這個做父親的……唉，不說也罷，捫心自問真的不夠盡責。
雨刷倒是一直很盡職地在掃去擋風玻璃上的落雪，停頓的片刻裡，只剩下那規律的咯嘰、咯嘰，像跳針的黑膠唱片。關心兒子，擔心接下來那個家庭可能會頓失依靠，這樣的考慮完全合情合理，有什麼好跟我解釋的呢？

你對未來有什麼打算？如果，我們的計劃先暫停的話？——

果然。

總是委婉地先用關心的口吻，對將被革職的人表達自己的立場危難。雖然，他只是口頭上稱我為partner。雖然我們還沒有正式的雇主與員工關係。我們到底現在是什麼關係，需要他用這樣戒慎抱歉的口吻？

你都這樣決定了，我們為什麼今天還要跑這一趟？我忍不住終於開了口。

我說的是暫停。給我一年的時間，讓我彌補一下兒子。所以我才要跟你討論，接下來這一年，你有什麼計劃？——

原來這就是他失眠的原因？在被留馬尾的那傢伙暗諷之後，終於張開了眼睛，發現我不過是這樣一個貨色，怎可以繼續擺在身邊？

如果你覺得可以，我讓你自己放手去經營都沒問題。我把我們考慮過的那幾架鋼琴都記下來了，我隨時可以下單。但是，如果你覺得到此為止就好，我也能理解——說真的，我一直沒法確定，你到底是怎麼想的？——只是為了幫我一個忙嗎？真的想要進這一行嗎？或者——

或者什麼？我話到嘴邊卻沒勇氣繼續問下去，怕他說出那些我們之前堅持的自欺。

如果把partner那個字眼去性別、去情慾、去銅臭之後，剩下的兩個人會是怎樣的一種關係？

為什麼是我？怎麼會是我？難道他不希望他的partner是一個更帶得出去、更見過世面的角色？

他下一刻乾脆方向盤一轉開到了路邊停下，把車熄了火。

你最近讓我很困惑，你跟我剛認識的時候是同一個人嗎？以前覺得你沉著穩重，但是昨天晚上在餐廳裡，你是怎麼回事？

雖已聽出林桑語氣中的情緒，我卻仍然緊閉著嘴，直視著前方。

不過這跟我們的討論無關。我只是想提醒你，一旦我們成為合夥人，你也要開始獨當一面，不再只是幫鋼琴調調音就好了，你究竟有沒有這樣的認知？所以我說，你可以回台北之後就開始籌備，或者就等我把我兒子的事情處理完。如果你真的覺得應付不來，那也ＯＫ。反正音樂教室是一定要結束的，我可以另想辦法……

一步步把我推到這個位置，如今卻又說是我的問題。他顯然已不記得，三個月前的他是在一個什麼樣的頹廢狀態了。覺得半夜屋裡的鋼琴會自己發出聲音，覺得自己已經沒有朋友，難道這些是我想像出來的？而不是他親口在小酒館裡對我說的？

如果，我也留下來，我們都留在紐約呢？那樣的話，是不是我們終於都可以自由了？……

走到了這一步，再做任何提議只會顯得自己卑賤。

明明應該覺得鬆了一口氣的，終於可以下台鞠躬了，沒想到我的心中滿是惶然的琴鍵亂響。難道，我又再一次地一廂情願，自作多情？忙著幫人整音調律，到頭來自己卻成了一架被人任意修改弦槌的二手琴。

不願被看出自己的心思紊亂，我終於打破沉默，開始侃侃而談。先是問他知不知湖北宜昌如今鋼琴製造業是多麼著名，還研發出各種新的製琴技術，再說到那裡正需要大量的整音師，我可以從頭學起，也許有朝一日就可以成為國際等級的技師——

這並非臨時胡謅出來的一番遮羞說辭，半年前的我確實曾有過這樣的計劃。只是不知道為何，這一刻要在林桑面前說出口，竟然變得難以啟齒。

對他而言，隨處都是峰迴路轉，錯了大不了就重來，從來都不會想到別人的每一步要負擔什麼樣的代價與風險嗎？

車子在一座看似荒廢經年的十九世紀古莊園前停下。鐵絲網圍起的隔籬上掛著一塊小木板，上面僅簡單寫著「鋼琴銷售」，難以想像這個地址是紐約州最大的一座二手鋼琴集散地。

兩百公尺外便是那座巨大的倉庫，我注意到在那建物旁還有一棟廠房，頂端有一具煙囪，正冒出陣陣黑煙。
讓我想一想，我說，後天上飛機前，我會做出個決定。

人生有太多的煩擾，世事紛雜。
我厭惡自己，就是這樣。

《謎樣李赫特》全片最後竟然就在大師這幾句話中收場，不免掃興。
好在你永遠不會老，不用明白老去是一件多麼孤獨的事。
也許我根本也成不了一個偉大的調音師。
我與偉大之間最近的距離不過就是，我也厭惡自己，如此而已。
在倉庫門口接待我們的是老闆的兒子卡爾，家族經營的第三代，圓胖的一個猶太人。他在商言商的口才十分便給，一見面就直接解釋了他的貨源。通常是在拍賣會上取得，有的則來自收攤退出鋼琴買賣的同業店，或是破產工廠的債權人把存貨全部低價賣給他。每年在他這裡進出的鋼琴有七八百架，都是用貨櫃從全世界進口來此。

「當然，也會有零星的鋼琴急著脫手，多半在鄰近幾個州，他們得自己想辦法把東西運來。」卡爾說到這裡朝我們擠了擠眼，做出一副莫可奈何但又難掩暗喜的鬼臉：

「有時真的會讓人非常傻眼，那些父母死後等著清屋賣房的子女，或是離婚分產的夫妻，他們是多麼迫不及待地把一架美好的鋼琴賤價出手。一台烏木直立式鋼琴只花了我兩百塊，你能相信嗎？當初那些鋼琴，不都是在讚嘆與喜悅的歡呼中被搬進屋子裡的嗎？」

往倉庫走去的路上，先穿過一道鐵門，過道上堆滿了被拆卸下來的鋼琴內部，鐵骨層層堆疊，剛從某些殘骸挖出的琴槌，鍵盤與音響板隨意地靠在牆邊，走過之處必有煙塵揚起。

我問起隔壁屋頂的煙囪是怎麼回事。

卡爾語氣平常地邊說邊揮揮手：「喔，我們儘量從舊貨中採集有用的零件，為其他外觀狀態良好的鋼琴做修補。沒用的零件就先放這裡。像這些不可燃的，最後都會被當垃圾掩埋。被拆完損壞的鋼琴琴體最後就丟進爐子裡燒掉。我這麼大的一個倉庫空間，冬天暖氣如果是用電或用煤油，都開銷太大了。喏，那頭就是爐口。只能用燒掉那些鋼琴來保持溫度，好讓其他鋼琴有再一次存活的機會。」

我的眼前浮現了一架架鋼琴在火舌中蜷曲焦黑的畫面。

這裡與曼哈頓中城的那些漂亮的店面猶如天壤之別。那些店裡陳設的二手鋼琴，有多少曾經被送進像這樣的一座集中營？一間瘋人院般的隔離牢房？

雖然焚化場在拱門的另一頭，但是我彷彿仍能聽見那嗶剝焦裂的燃燒。

僅靠燃燒廢琴提供的暖氣顯然不足以維持倉庫內的溫度。跟著卡爾穿過一道又一道門，不時有寒氣從腳下陣陣竄身。

走完最後一段拱廊，盡頭是一道向下的階梯，當我在梯前站定腳步，佔地有兩個籃球場大的倉庫赫然畢現。

沒有窗戶，只有幾盞幽暗的燈光，照出了一整片鋼琴遺骸四處飄流的灰塵之海。上百架等待被處置的舊鋼琴，有的被拆了琴箱，有的缺了音響板，有的仍被包覆在骯髒的氣泡墊中，一副戰戰兢兢生死未卜的可憐相。

我想到不見天日的奴隸船上，那些奄奄一息的求救眼光。

失去琴蓋的，斷腿的，被清空內臟的，還有那一組組堆放的擊弦系統，一束束從內臟清空出來的銅弦，如同少了血肉保護的神經掛在牆上，還會簌簌在抖動著。如同恐怖電影中的地窖，這些鋼琴全是某個喪心病狂從各地擄獲的人質，之後只能任憑割剮。除了少數幾架狀態良好可以輕易轉賣之外，其他這些鋼琴最後不是被五馬分屍，就是被重新拼組。再造後的鋼琴，會覺得自己像是精神分裂患者嗎？

林桑與卡爾早已走到了倉庫的另一角，對著靠牆斜放的一整排雕花木板不知在討論什麼。

細緻的楓，典雅的黑檀，堅實的桃花心，沉穩的樺，它們一片片排列的畫面，讓人聯想到命運的骨牌，正等待著被翻掀。

面對著這座大型的鋼琴墳場，我所感受到的不是驚駭或悲傷，反倒像是一頭鯨魚，終於找到了垂死同伴聚集的那座荒島，有種相見恨晚的喜悅。

已經記不得從什麼時候開始，我便一直會聽到，從某個地方傳來這些殘破遺骸的召喚。這一天到底成真了，我終於找到了這個所在與它們相會。

從它們爭先恐後擁上包圍的陣群中，我努力找出可通行的崎嶇小道。

就快了，就要解脫了……

我在心裡以最溫柔的語調，化身慰問戰場上傷兵的德瑞莎修女那樣，為兩旁面目全非的鋼琴們一一祝禱。

你們這一生都在為人類的虛榮與庸俗服務，你們的辛苦我都懂得……

幾世紀來能夠真正被天才樂聖加持過的幸運兒屈指可數，絕大多數的你們都枉費了……將心比心，我的人生與你們其實相去不遠……對了，好像還沒提過，我並沒有從音樂系畢業這件事？……

他們把我退學的理由是說，我某晚潛入學校的音樂教室，用鹽酸毀掉了四台校齡悠久的鋼琴。但是他們所說的罪行我一點印象都沒有！

我唯一傷害過的，只有那台史坦威。

如果那時知道，被損毀的鋼琴最後有可能會被送進這樣的地方，我是絕對下不了手的！我怎麼會是鋼琴的劊子手？我是一個調音師！調音師的工作就是盡可能幫你們遮掩缺點，把你們打理得動人討喜，好讓你們有人珍惜有人愛，我怎麼可能——

不是我！不是我！不是我！

我突然被自己的怒嚎震得眼冒金星。模糊的視線中，林桑與卡爾正驚慌地直朝我奔來。

直到那一刻才發現，自己手上握著不知哪裡來的一把榔頭，低頭看見腳旁躺著一座斷了腿的老舊鋼琴，琴蓋不知被何人砸成了一堆木條。

被幾個工人壯漢架著扔出了門外，事後想起來還真是一件丟臉的事。我至今仍然不知道整件事是怎麼發生的。聽林桑說他最後賠了那個猶太人五百美元了事。但是我有印象，在停車場我語無倫次地一直跟林桑道歉：我想我不能……我不能……幫你了……對不起我真的沒辦法，真的……

林桑起初都沒作聲，突然下一秒他大喊了一聲我的名字：「胡、以、魯！」然後環臂抱住了已經接近歇斯底里而全身無法停止哆嗦的我。

他那個帶了點台語腔調的發音，乍聽彷彿喊出了一句日語，歐伊勢還是卡娃依之類的。意識到原來他是在叫我，一時間我不知該痛哭還是爆笑。

我虛弱地靠在林桑的肩頭，發現同時都穿著黑衣的我倆，站在被一夜白雪覆蓋著的空地上，好像壞掉的兩根黑鍵。

黑鍵只能隔著縫隙相鄰，從來無法像白鍵那樣併靠在一起，不是嗎？

然後我聽見林桑從口袋裡掏出了一串鑰匙。

「在我回去之前，你要幫我好好照顧家裡的那架鋼琴，可以答應我嗎？」

望著他手心，我想起了某個約定留下的痛，在很久以前。

12

一九九九年，日本NHK電視台夜間冷門時段，一個僅三十分鐘的音樂節目中，某次介紹了一位名不見經傳、年屆七十的老嫗鋼琴家。一九三二年出生於德國柏林的藤子海敏，父親是俄籍瑞典畫家及建築師，母親是留德的鋼琴教師。五歲時舉家遷回日本，但父親卻因為不習慣日本生活，拋下母子三人獨自返回瑞典。一九六一年，藤子終於也獲得了前往德國進修的機會，結果在異鄉因一場感冒造成聽力受損，只能中途放棄。

她一個人在海外飄流了三十多年，一九九五年才終於悄悄返回日本，以教琴維生。沒想到這個平常沒什麼人注意的節目，播出後引起廣大的迴響。這個奇裝異服的混血老婦人，既神秘又令人感到哀傷。

幾個月後她發行了第一張演奏專輯，創下奇蹟式的銷售紀錄，短短三個月就賣出了三十萬張。

知道你對她的琴藝一定不以為然。就是典型老派學院的中規中矩嘛，並無驚人之處，你會說。

先別管這個了，我只是想用這個例子告訴你，你缺席後的時代是如何轉變的。

琴技再出類拔萃，比不上一個有故事的人。你們這一代的音樂家肯定沒料到，風燭殘年的逆勢崛起，竟會比光芒四射的神童更吸引目光。

顧爾德如果還在世，又會有什麼抱怨？

他認為錄音專輯才是王道，拒絕再公開演奏。但是他忘了，在他的年代，若不是先有了演奏會的成功，誰又會注意到他的唱片呢？

這位女士才是徹底實踐了他的主張，完全省略了演奏會這一步，就直接成為傳奇。要不是因為進入了二十一世紀，出現網路的推波助瀾，一個冷門節目竟被一再轉傳，老婦彈奏李斯特的樂章終將被埋沒在眾聲喧譁裡。

如今她的專輯總銷售量已突破一百五十萬張。莫名其妙地被幸運之神挑中，專輯熱賣之後，接下來二十年間她馬不停蹄地在全世界舉行演奏會，彷彿這才能真正證明，自己存在過的事實。

已年近九十的她，在巴黎、柏林、東京、紐約都購置了住所，依舊獨來獨往，依舊神情淡漠，似乎早習慣了四處為家。

從未結婚，甚至宣稱也不曾真正談過戀愛，大半生漂泊的寂寞到底是怎麼度過的，只有她自己知道。

如果肉身尚存，Joseph，你會希望自己是以這樣的方式老去嗎？
還是俯首承認，這樣的強悍，你望塵莫及？
她簡直就像一般人心目中的古典樂被具體形象化了。古老，蹣跚，固執，瘋狂，莫測高深。這麼多人會對她著迷不是沒有原因。

也許我們都忽略了暗藏在古典樂裡的黑色幽默。
一個聾子，在兩百年前的某個暗夜，突然雄心壯志想要譜出命運交響的樂章，這個想法會不會令他自己都想要笑出聲來？會不會整部交響樂其實是在他一路狂笑怪叫的瘋癲狀態下完成的？
然而到了舞台上，每位演奏者卻都正襟危坐，極度專注冷靜地想要掌控每個音符，不容許半點差錯。
諷刺的是，每場演出的那當下，也是命運最不受控的時刻。

它總在你無意識的情況下悄悄地改變了原來路徑。有人開始平步青雲，有人節節落入谷底。但究竟是在第幾個小節，突然引來命運之神的側目？所有的後見之明，恐怕也都只是拼圖上不小心掉落的碎片，於事無補。

隱隱有感，就在我扮演敘述者的過程中，命運也對我做了同樣的鳥事。

身為一個調音師，並不懂得後設解構諧擬的那些門道，我不過嘗試就我所記得的，把來龍去脈做個交代。如果因此就驚動了命運，那也是莫可奈何的事。之後，命運將會對我如何重新評估，我也只能靜候宣判。

我所知的也僅止於此。

對了，該不會有人認為，任憑那架史坦威在空屋中荒廢，是違背一個調音師該有的職業良心吧？

相信我，它一定會找到一個新的調音師的。

就像你的史坦威，儘管晚了二十五年，最後還是來到了我面前。

若是你有機會在另一個世界碰到李赫特，能不能幫我跟他說：我懂了，他的厭惡自己跟我的自厭，到底差別在哪裡。

自我，是凡夫俗子永遠的那塊不足。對他來說，卻不過是累贅的幻覺。

你，又是哪一種？

盯著琴譜，花了兩個小時，總算把舒伯特第十八號鋼琴奏鳴曲Ｄ８９４從頭到尾摸過了一遍。停下來拿起鉛筆在琴譜上做了幾個記號，準備從頭再試，我的手指卻自作主張，即興來了一段流暢輕快的小曲。

男孩看見野玫瑰，荒地上的玫瑰。小學二年級的我跟著老師的伴奏，滿心喜悅與全班高聲齊唱，純真的童音頓時照亮了整間音樂教室。下課後我獨自留下，被老師聽見我已學會如何彈出全曲和弦的，正是這一首。

一個梅毒纏身、潦倒無名的小矮子，怎麼會寫下這樣帶著露水般透亮的旋律？歲月的風吹起漣漪，我閉起眼睛，讓自己靜下心，然後就在黑暗中讓雙手找到琴鍵的位置，按下了奏鳴曲的第一個音符。

接下來的，就當作是最後送給這個故事的安可曲吧——

雖然我知道，會不吝起身為我熱烈鼓掌的，恐怕也只有你而已。

這裡是位於莫斯科市內一棟大樓的第十六層。

離開了紐約，我既沒有直接飛回台北，也非降落在湖北宜昌，而是決定去尋找李赫特的故居。

飄著細雪的午後，本以為能夠拜訪兩人最早同居的那間小公寓，結果可供參觀的故居只有這裡。一九七一年他與妮娜遷居於此，這棟專門配給藝術家居住的新建公家大樓。

既然沒有正式登記結婚，政府分配給他們的是兩個單位。兩戶中間打通，卻仍保留住獨立出入的大門。

付了五百盧布，等看門的阿嬤通知會說英語的導覽員，引我從左手邊的大門進入。若不是事先被告知，還真看不出走進的這戶曾是誰的住處。

除了生前也做教學之用的書房，裡面還掛有妮娜的畫像，與放置了一台落漆的貝克特鋼琴之外，她的家裡如今幾乎看不見她生活過的痕跡。

臥房裡的傢俱都被清空了，牆上掛滿了李赫特的畫作，讓樂迷有機會見識到他的多才多藝。餐廳也用來展示李赫特的童年物品，還有他母親的日記：「我知道這孩子一定是個天才！」走近端詳牆上掛著的一幅蠟筆畫，色彩鮮豔活潑，童年的大師畫的是為自己創作的音樂劇所設計的宣傳海報。

本以為能至少感受到那麼一絲生活的日常，結果眼前盡是刻意安排的擺設。據導覽員說，這些可都是妮娜勞心勞力，花了好多年時間才幫李赫特蒐集整理出來的呢！

從餐廳步出，來到兩個門牌中間打通的地帶。兩邊的客廳加上李赫特這邊的餐廳，合併後成為了這間明亮寬敞的琴室，在他生前還可供小型演奏會之用。不對等的空間分配似乎早在兩人在世時便是如此。一直是如此。妮娜教唱仍在她小小的書房，李赫特練琴則擁有專屬的大琴室。

既然餐廳被打掉了，那麼他還是得回到妮娜那邊去吃飯吧？

他們後來還會經常一起在家用餐嗎？

妮娜下廚的時候，會懷念當年連自己的空間都還沒有的李赫特嗎？這樣的結合，讓她覺得幸福嗎？……

沒有哪個導覽員能夠回答這種偏執的問題。

琴室之大，足夠放下兩架平台式的史坦威。導覽員面帶得意地引我到鋼琴前，告訴我大師生前就是在這兒勤練的。我卻想反問他：知不知道大師晚期的演奏會，用的鋼琴都是YAMAHA？

李赫特晚年多半旅居海外，回此處練琴的時間恐怕有限，但是這兩架鋼琴仍得繼續配合演出，為參訪遊客製造不實幻覺：這就是了！大師用來鍛鑄出超凡琴藝的絕世神琴！這讓我想到在遊樂場中，那些穿著卡通人物服裝負責叫賣攬客的打工仔，不免為這兩架史坦威感到委屈。

它們不是被保存，而更像是被遺忘在此。不會再被人彈奏已經夠悲傷，沒想到還要偽裝成幸福的模樣，供朝聖者合照留念。

好在沒有落單，還可以彼此作伴，到了夜晚鎖門之後，有些回憶依舊可以反覆訴說共享。但是，它們可能永遠也不會知道，大師在彈奏它們時，心裡其實在想像著另一架鋼琴上的pianissimo。

看不懂俄文，書房的書架上收藏的都是哪些作家的作品，不得而知。宛如在迷宮中穿梭般繞到最後，終於來到了李赫特的臥室。

空間異常狹小，僅有一張窄窄的單人床。

我望著那張還不及某些人家裡沙發寬敞舒適的單人床，沉默了一會兒。他是在這張床上過世的嗎？我問導覽員。

喔不，他是心臟病發在醫院過世的。他去世之前還在為他的音樂會做準備，在世最後彈奏的是舒伯特第三鋼琴奏鳴曲。他說過他最喜歡的是第十八號的D894——

我忍不住打斷他：是在這裡排演的嗎？

導覽員愣了一下。

不，是在他西郊外的別墅。

離去之前，我問導覽員，能否讓我在琴室裡的史坦威上彈幾個音，幾個音就好，沒想到竟然被允許。明知不過是另一種迎合觀光客的手法罷了，內心仍然忍不住雀躍了一下。

然而，當我再回到琴室，注視著那兩架史坦威無聲依偎的情景時，瞬間原本已經伸出的右手食指卻遲疑了——

無端又去撩撥，讓它們突然醒來以為又要再度登台，是不是有些殘忍？

就讓它們靜靜沉睡而我轉身，走進一如來時的那片茫茫白雪。

The End

二〇一八年十一月本文初稿發表於《印刻文學生活誌》
二〇一九年八月改寫定稿

後記

謝謝即將要掩卷的各位，循著琴聲，陪伴我一路走到了這裡。

這裡除了寂寞，還有謊言，軟弱，恐懼，懊悔；但這裡也什麼都沒有，不是空無一物的沒有，而是無限可能的、那種無法預測的、宛若如釋重負的沒有。

的確是如釋重負了。沒想到一個隱約的念頭，在心頭積壓了二十年後，竟然此刻有了一個終於定格的畫面：一場雪，一架鋼琴，一個人。

要感謝的是歲月，畢竟二十年前的我是無法如此勇敢誠實的。

二〇一八年的七月，當我寫下「起初，我們都只是靈魂，還沒有肉體」，之後，故事中的所有元素，意想不到地都開始被召喚出來了。終於能體會維琴妮亞．伍爾芙在寫下那句「達洛薇夫人說她要自己去買花」時，生命中所有的瘋狂、喜悅、悲傷、孤獨一剎那突然都聚焦的那個當下，她是如何地訝異與心驚，但是已經沒有退路了。

關心現實，批判社會，嘲諷人性，優秀的小說家在三十多歲時都做得到。但是三十多歲的我卻一度決定不再寫小說了，這一空白就是十三年。如果問我，《尋琴者》對我的意義究竟是什麼？也許答案就是，我終於面對了那十三年間內心深處的自我懷疑，感覺傷痕累累的疲憊，還有迷惘。

而五十歲之後，我坦然接受，原來這就是做為像我這樣一個人，總在追求一種在現實中沒有換算刻度的感動，必然得付出的代價。

三十到五十歲，多麼漫長的等待與跋涉。走過那些背叛與遺棄，生離與死別，總算走到了但求安心做人的這一天。走到了接下來的人生再沒有腳本、世俗標準所代表的肯定再也無法支撐未來的這一天。我開始走向空曠的舞台，面對台下的你們，只想一口氣把這個故事講完。

我一直喜愛像是《雪國》、《春琴抄》、《魂斷威尼斯》、《異鄉人》……那樣精緻深刻的文筆，誰說一段深情款款鋼琴獨奏，力道會不及一部氣勢雄渾的交響樂？這樣老靈魂式的自我追求，在年輕的時候特別容易受挫。一來是不符合約定俗成的年輕藝術家姿態，要野心勃勃，要大膽創新，二來是自己在那個年紀根本也無法說得清，缺乏那種如音符般的純淨與透明，達不到那樣既慈悲又殘忍的救贖。

越是躁鬱騷動的年代，越是要懂得如何為自己調音。

中年後再提筆創作小說，先後完成了《夜行之子》、《惑鄉之人》與《斷代》，企圖跨越那些曾經在生命中發生的塌陷，回到ground zero。來到了這本《尋琴者》，呼喊奔竄嘈雜的人聲漸遠，在記憶的彼端竟已化成淡淡的悠揚。曾經覺得這個世界嚴重走音，也許只是因為沒有找到聆聽的方式。

不會彈鋼琴，卻選擇書寫關於一個迷失在失望與渴望中的調音師，正因為需要這樣的難度，才能夠讓小說創作之於我，成為永無止境的追求。終於發現可以溫柔地輕吻那些壓抑與寂寞所留下來的傷口了。最後能救贖自己的，原來仍是惟有這種旁人眼中彷彿自虐式的追求而已。

謝謝各位能夠如同聆聽一首鋼琴曲般，耐心地欣賞了每一個音符，沒有跳頁，沒有一目十行，甚至聽到了字裡行間所有的輕喟與低迴。

小說的初稿先是發表於《印刻》文學雜誌，謝謝簡白副總編輯當時的邀稿。後來又經過改寫，成為如今的樣貌。謝謝王德威老師，以及朱天文、周芬伶、蔡素芬、郝譽翔在初稿階段所給予的鼓勵。同時要感謝「木馬」的伙伴們，他們的用心付出，才讓這本書能夠呈現在各位眼前。

我們後會有期。

尋琴者

作　　者　郭強生
社　　長　陳蕙慧
總 編 輯　陳瀅如
責任編輯　陳瓊如
行銷業務　陳雅雯、趙鴻祐、余一霞、林芳如
封面設計　許晉維
內頁排版　宸遠彩藝
印　　刷　呈靖印刷股份有限公司

讀書共和國集團社長　郭重興
發 行 人　曾大福
出　　版　木馬文化事業股份有限公司
發　　行　遠足文化事業股份有限公司
地　　址　231023 新北市新店區民權路 108 之 4 號 8 樓
電　　話　02-2218-1417
傳　　真　02-8667-1065
客服信箱　service@bookrep.com.tw
客服專線　0800-221-029
郵撥帳號　19588272 木馬文化事業股份有限公司
法律顧問　華陽國際專利商標事務所　蘇文生律師

初版一刷　2020 年 4 月
初版十六刷　2023 年 3 月
定　　價　NT$350

ISBN　978-986-359-779-7（平裝）
978-626-314-325-8（EPUB）978-626-314-326-5（PDF）

Printed in Taiwan.

國家圖書館出版品預行編目（CIP）資料

尋琴者 / 郭強生作 . -- 初版 . -- 新北市 : 木馬文化
出版 : 遠足文化發行 , 2020.04
面； 公分
ISBN 978-986-359-779-7(平裝)

861.57　　09003013